八郎の七霊の舞台

序

暑い。

とにかく暑い。

水無月《みなづき》（六月）二十三日といえば、少しは爽《さわ》やかな風が吹いてもいい頃合なのに、昼間はもちろん、朝夕吹く風にも涼は感じられない。

それどころか、夜風も生温いとあっては、今年は、秋が訪れないのではないか、と危ぶんでしまう。

寺坂寅之助元輝《てらさかとらのすけもとてる》は、ほろ酔い加減で夜道を急いでいた。

歳は二十九歳、六尺（約一・八メートル）近い体軀《たいく》、浅黒く日に焼けた顔中を髭《ひげ》が覆《おお》っているとあって、近づき難い男である。おまけに、千鳥《ちどり》十文字の鑓《やり》を脇に、大股で歩く姿は、まさしく威風堂々《いふうどうどう》としており、戦国武者を髣髴《ほうふつ》とさせる。

男前とは言えないが、双眸《そうぼう》には溢《あふ》れかえるような光をたたえ、高い鼻と分厚い昏が武士らしい凛々《りり》しさをたたえてもいた。

今日は、師範代を務める神田雉子町《かんだきじちょう》の無外流《むがい》瀬尾誠一郎《せおせいいちろう》道場での稽古《けいこ》を終え、縄暖簾《なわのれん》に立ち寄って酒を飲んで来たところだ。

番町《ばんちょう》にある屋敷まで、涼みがてらのんびり歩こうと思ったのだが、そよとも風が吹かぬとあっては、いっそのこと、汗を流そうと急ぎ足になったのである。

神田川の流れが聞こえたところで、人影に前途を阻《はば》まれた。

今夜は二十三日、下弦の月である。月の出は夜九つ（深夜零時）とあって、月光は差していない。それでも、夜空一面に瞬《またた》く星影が、ぼんやりと三人の姿を浮かび上がらせた。

男二人、女一人である。

男の一人は白頭巾に墨染《すみぞ》めの衣といった僧体、しかも、薙刀《なぎなた》を手にしているとあっては、弁慶《べんけい》を思わせる荒法師だ。もう一人は唐人服を着ていて、青龍刀を背負っている。

女は派手めの小袖に紅色の帯、一見して町娘である。

奇妙な取り合わせの三人組は寅之助を睨《にら》んできた。

「おれに用か」

問いかけるや、唐人が青龍刀を抜いて斬りかかってきた。

「おれは寺坂寅之助、人違いなら刀を納めよ」

唐人は攻撃の手を止めない。僧体の男と女も殺気をみなぎらせている。

襲ってくる理由を斟酌《しんしゃく》している場合ではないようだ。

寅之助は背後に飛びすさり、鑓を構える。

「そ〜ら」

女の口から艶《つや》っぽい声が発せられたと思うと、手から何やら丸い物が放たれた。糸に繋《つな》がった赤い物体だ。

鑓の穂先で叩《たた》き落とすと、物体はするすると女の手に戻った。子供の玩具《おもちゃ》、手車である。

続いて、荒法師が薙刀を振るって来た。鑓の柄で払《はら》い退《の》ける。更には唐人の青龍刀が襲いかかる。

酔いが災いし、動きが鈍《にぶ》い。

からくも、薙刀と青龍刀の攻撃を凌《しの》ぎながら天水桶《てんすいおけ》の背後に回りこんだ。

すると、

「死ぬね！」

奇妙な日本語が聞こえ、唐人が青龍刀を振りかぶった。

次の瞬間には、天水桶目掛けて振り下ろす。桶が真っ二つに割れ、水が溢れた。寅之助は水でぐっしょり濡《ぬ》れながら、往来を走る。荒法師と女が追いすがって来た。

立ち止まり振り返ったところで、手車の玉が飛んで来た。

咄嗟《とっさ》に伏せると頭上を玉がかすめ、地蔵に当たる。

地蔵の頭が粉々に砕《くだ》かれた。

寅之助は鐺を繰《く》り出した。柄に手車の糸が絡《から》まった。

「てえい！」

寅之助は力を込め、鐺を持ち上げた。女の身体《からだ》は夜空に舞い、神田川へと落下した。

荒法師が迫《せま》って来た。

商家を背に鐺を構える。薙刀が夜風を切り裂いた。

商家の雨戸が両断された。

騒ぎを聞きつけたのか、足音が近づいて来る。

「命拾いしたな」

書下ろし

大塩平八郎の亡霊

一本鑓《やり》悪人狩り③

早見 俊

祥伝社文庫

目次

序　7
第一章　復帰への道　12
第二章　藤沢監物《ふじさわけんもつ》　69
第三章　モリソン号　125
第四章　海賊退治　182
第五章　嵐の決闘　242

東叡山寛永寺
不忍池
上野黒門町
池之端
浅草並木町
吾妻橋
大川
本所
神田お玉ヶ池藤沢塾
雉子町瀬尾道場
両国橋
両国広小路
日本橋長谷川町
北町奉行所
楓川
八丁堀
新川
永代橋
越中橋
南八丁堀湊稲荷
鉄砲洲
南町奉行所
永代寺

荒法師は唐人と共に走り去った。

得体の知れない連中は闇に呑《の》まれた。

「何者だ……。そして、何故おれの命を狙《ねら》った」

寅之助は暑さも忘れ、呆然《ぼうぜん》と佇《たたず》んだ。

第一章　復帰への道

一

「舅《しゅうと》殿、今日はまた何用でいらっしゃいますかな」

寅之助が舅である大番組頭飯塚宗十郎《いいづかそうじゅうろう》の訪問を受けたのは、謎《なぞ》の三人組の襲撃を撃退してから、十日が過ぎた、天保《てんぽう》八年（一八三七）文月《ふみづき》（七月）三日の朝のことだった。飯塚は亡き妻寿美《すみ》の父にあたる。裃《かみしも》姿ということは、下城したその足での来訪だ。残暑厳しいどころか、酷暑は去らず、飯塚は汗だくである。

居間に入るなり、

「お主の大番復帰、叶《かな》うかもしれぬぞ」

飯塚はいかにもいい報《しら》せを持ってきてやったとばかりに、誇らしげに胸を張った。

寺坂家は直参《じきさん》旗本、家禄三百石、累代に亘《わた》って公儀大番役を務めていた。大番とは十二組、各組五十名の番士から成る将軍直属の軍団で天下に精強を以《もっ》て知られている。各組番頭一名、組頭四名が統括し、組頭は役高六百石、番頭ともなると五千石という旗本の上級職である。従って、旗本の子弟にとっては憧《あこが》れの職務であり、武芸を以て将軍に仕《つか》えるという旗本本来の役目でもある。

ところが、寅之助は大番を昨年の春に御役御免となってしまったのだ。

将軍徳川家斉《とくがわいえなり》の子息斉彊《なりかつ》に、剣術の稽古《けいこ》を行った際、一切の手加減をしなかったことを不忠と咎《とが》められての措置だった。

「まあ、なんと、うれしい限りではありませぬか」

寅之助よりも先に、母千代《ちよ》が歓喜の声を上げた。飯塚という男、耳聡《ざと》いことこの上ない。江戸城内での噂話《うわさ》、江戸市中の評判、どこまで本当かわからないが大奥の醜聞といった下世話な話にまでも通じている。その飯塚がもたらした情報だけに、信憑《しんぴょう》性があるとも言えるし、疑わしくもある。半信半疑といったところなのだが、千代は喜びに溢れている。千代にとっては、寅之助の大番復帰は、何よりの朗報なのだ。

「それはよき報せでござるが、舅殿、わたしの大番復帰、いかなるわけでございますか」

千代がぬか喜びに終わらぬか、危惧《きぐ》してしまう。

「いかに政《まつりごと》に疎《うと》いお主でも、内府さまが本丸に入られたことは存じておるな」

内府さまとは内大臣徳川家慶《いえよし》である。

この四月に、将軍職にあること五十年を区切りとして、隠居した徳川家斉の後継として、本丸に移った。将軍宣下《せんげ》はまだだが、江戸城では既に上さまと呼ばれ、事実上の将軍である。

その徳川家慶、すなわち上さまが……。

「上さまがいかがされたのですか」

寅之助の問いかけに飯塚は渋面を作り、

「鈍い奴よのう」

と、嘆《なげ》いてから千代に視線を向け、

「上さまが殊《こと》の外《ほか》、お主を買っておられることは、以前にも申したな」

即座に千代が、

「勿体《もったい》ないことでございます」

まさしく拝まぬばかりに頭《こうべ》を垂《た》れた。

寅之助が大番を御役御免となった時に、切腹させよという強硬意見を押さえ、大番を離れ、小普請組《こぶしん》に入るだけと、穏便にすんだのは、家慶の意向が反映されたのだった。家慶は、将軍の子供にも手加減せずに稽古を行った寅之助を賞賛し、寅之助の戦国武者のような風貌にも好意を寄せているらしい。

「では、上さまのお口添えでございますか」

「いや、まだ、そうと決まったわけではない。お主に上さまが好感を持っておられるから、ここらで、一働きをすれば大番復帰も夢ではないということだ。つまり、上さまがお主を大番に復帰させやすい働きをみせるのだ」

なんだか、怪しくなってきた。

「わたしが、働く場などありましょうかな」

寅之助は顎鬚《あごひげ》を引っ張った。

十日前の賊が思い出される。あのような、凶悪な賊徒を退治せよということであれば、大いに勇むところだが、そうそう出くわすものではないだろう。それに、賊徒退治ならば、火盗改《かとうあらため》や町奉行所が行う。夜回りでもして、遭遇した賊を勝手に成敗するわけにもいかない。

それを承知で飯塚が鑓働きをせよというからには、何か裏がありそうである。飯塚という男、耳聡さに加えて策士の一面を持っている。きっと、何かしらの魂《こん》胆《たん》を腹に持っているに違いない。

それを裏付けるように、飯塚の顔が険《けわ》しくなった。

「大塩平八郎《おおしおへいはちろう》が御公儀に叛旗を翻《ひるがえ》して以来、各地で門人を称する者たちが、一揆を起こしておる」

如月《きさらぎ》(二月)、大坂東町奉行所の与力であった大塩平八郎は、救民を叫んで蜂《ほう》起《き》した。ここ数年の飢饉《ききん》により、全国的に米不足となり、米価は高騰した。大坂東町奉行、跡部良弼《あとべよしすけ》は大坂庶民の窮状を顧《かえり》みず、徳川家慶の将軍就任を祝うため、大坂の米を江戸に廻送した。更には、米問屋たちが、米の買占めを行い、暴利をむさぼるという挙に出た。

こうした中、大塩は町奉行所に対して庶民の救済を訴えかけたが、無視された。そして、大塩は救民を旗印に武装蜂起したのである。

乱そのものは一日で鎮圧されたが、大坂の町の五分の一が焼失した損害と、町奉行所の与力という、末端とはいえ幕府の禄《ろく》を食《は》む役人が、叛旗を翻した事実が大きな衝撃となって全国に伝えられた。

以後、大塩門人を名乗る者たちが一揆を企《くわだ》てるようになり、わけてもこの六月に越後柏崎《えちごかしわざき》では国学者生田万《いくたよろず》が柏崎代官所を襲撃する騒動があった。生田は、元々は高名な国学者平田篤胤《ひらたあつたね》の弟子であったのだが、救民を掲げた大塩平八郎に心酔し、「大塩門人」を名乗って蜂起したのである。

「すなわちじゃ、未《いま》だ大塩平八郎の乱の余波は続いておるということじゃ」

「はあ……」

寅之助は生返事になった。

「頼りないことよな」

飯塚は顔を歪《ゆが》めた。

千代がきつい目を向けてきた。しっかり、飯塚の話を聞けと言いたいようだ。

寅之助は背筋を伸ばした。

「して、大塩平八郎とわたしの鑓働きが、何か関わるのですか」

実際、一揆の鎮圧となると、自分の出る幕はない。しかるべき役所が対処するだろう。

「そこでじゃ」

飯塚はここからが本題だと改めて目に力を込める。まどろこしいと思いながらも、寅之助も両目を大きく見開いた。少なくとも真面目《まじめ》に聞いていることを示さねばならない。

「世は不穏じゃ。大塩平八郎の乱の余波ばかりではない。日本の近海を西洋諸国の船が侵しておる。こうした由々しき事態に対し、これまでの組織だけでは事は足りぬ。そう、思わぬか」

「思います」

即答した。飯塚は満足そうにうなずき、

「そこでじゃ。わしは、大番を強化したいと思う。江戸の治安を、町奉行所や火盗改だけに任せておくのではなく、大番も警護に当たるのじゃ」

「大番が江戸市中を警護するのですか」

「いかにも」

「それはどうでしょう」

寅之助は首を傾《かし》げ、千代も不安そうだ。

「江戸市中は、町並みが入り組んでおりますし、巡回に当たるとなりますと、町人同士の繋がりといったものにも、配慮せねばなりませぬ。餅《もち》は餅屋、やはり、町方や火盗改など、江戸市井《しせい》の世情に通じた者でないと務まらないでしょう。大番のように、侍風を吹かして江戸市中を闊歩《かっぽ》するのでは、かえって煙《けむ》たがられるだけです」

寅之助の反論に、飯塚が反発すると思いきや、笑みを浮かべた。

「お主の申す通りじゃ」

我が意を得たりとでも言いたそうである。寅之助がおやっという顔を返すと、

「いかにも、大番の者たち、将軍家警護という役目柄を鼻にかけ、世情に疎《うと》い者ばかりだ。それでは、江戸の市井を守れるはずもない。そこで、お主が必要となってくるのじゃ。お主は、御役御免となり、神田雉子町にある無外流瀬尾誠一郎殿の道場にて、師範代を務めておる。その経験により、江戸の市井にも大分と馴《な》染《じ》んだようじゃな」

飯塚はちらっと千代を見た。

千代がくすりと笑ったのは、寅之助が瀬尾道場に通うようになって、江戸の市井に溶け込み、家を留守にすることが珍しくはなく、放蕩《ほうとう》とまではいかないにしても、堅苦しい御城勤めから逃れられて、気儘《きまま》な暮らしを送っていることへの揶《や》揄《ゆ》であろう。

寅之助が返事をしないでいると、

「そのお主なればこそ、江戸の治安を守る新たな大番にふさわしいと思う。そこにお主の大番復帰の目があるというものじゃ。つまり、江戸の市井をよく知るお主が、大番を率い、江戸市中を警護する。大番が江戸市中を警護すれば、町奉行所が手に負えぬ凶悪な賊徒にも睨みが利《き》くし、一揆、打ち壊しを企てようとする連中の意図を挫《くじ》くことにもなる」

飯塚は意気込んでいる。

「素晴らしいお考えではございませぬか」

千代は飯塚の考えに賛同した。

「しかし、舅殿、新たな大番と申されるが、舅殿のお考え、実現するものでしょうか」

飯塚は実力者とはいえ、幕政を担ってはいない。飯塚は平然と、

「むろん、わしの一存だけでは、実現性は薄い。しかしな、水野《みずの》さまが賛同くださった」

水野さまとは、老中水野越前守忠邦《えちぜんのかみただくに》、家慶の信頼厚く、切れ者と評判だ。そして、寅之助は水野とは因縁浅からぬものがある。寅之助が御役御免になった時、家慶の意向を受けて軽い処分ですませたのは水野だった。但し、水野はその

代償として、寅之助に難しい役目を担わせた。

水野の密命により探索業務を行ったのだが、それを命じる際あたかも自分の意思で寅之助の処分が軽減したかのように装った。恩を売って自分の意に従わせようとしたのだ。

水野の老獪《ろうかい》さには、正直辟易《へきえき》とした。

「水野さまはわしの考えに賛同なさるばかりか、お主こそが、新たな大番を率いるにふさわしい、とまで言ってくださったのだ」

うがち過ぎかもしれないが、水野の考えというところに不安が募《つの》る。なにやら、魂胆があるような気がしてならない。しかし、ここで水野に対する不安を持ち出せば、千代を心配させるだけだ。千代にとって寅之助の大番復帰は、切なる願いなのだ。大番に復帰できるかもしれないとあれば、藁《わら》にもすがれと思っているだろう。飯塚がまたとない話を持ってきてくれたと考えているに違いない。

何せ、水野忠邦は幕政の責任者たる老中なのだ。その水野に見込まれているとすれば、これ以上の後ろ盾《だて》はない。

二

「それでは舅殿、これまで以上に、江戸の市井を歩かねばなりませぬな。いわゆる民情視察というやつですか。いや、それではいけませぬな。そういう上から庶民の暮らしぶりを見る姿勢では、これまでの大番と変わりませぬ。やはり、庶民の中にあって、同じ目線で物事を見なくてはなりませぬ」

寅之助が胸を張ると、

「また、寅之助。そのように申して、好き勝手に出歩く口実にしようと思っておるのでしょう」

千代は顔をしかめたものの、

「まあ、その辺は大目に見てやってくだされ」

飯塚は肩を持ってくれた。千代もそれ以上は小言を並べることはなかった。寅之助の大番復帰という重大事の前には、敢《あ》えて目を瞑《つむ》るようだ。

水野の思惑《おもわく》、飯塚の考えに不安はあるが、これで千代の目を憚《はばか》ることなく、勝手気儘に出歩けるというものだ。果たして、新たな大番が組織されるのかどうかはわからぬが、ともかくやってみよう。やってみようといっても、具体的な役目があるわけではない。今まで通り、瀬尾道場に通い、ついでに江戸の町を徘徊《はいかい》するだけだ。

新たな大番が生まれるかどうかは、上が決めることだ。それにしても、お堅い、何事にも先例を求める幕府が、大番という将軍直属の軍団の組織変更を考えるようになったとは、それほどに大塩平八郎の乱が大きな衝撃となったということだろう。加えて、西洋諸国による近海の侵犯、天下泰平の世が揺らいでいる。二百三十年を超える幕府の屋台骨も揺さぶられているということか。

政に疎い寅之助にも、言いようのない危機感が押し寄せてきた。

ここで、

「千代殿、すまぬが、寿美の仏前に手を合わせたい」

飯塚の申し出は唐突であったが、拒《こば》む理由はない。千代がどうぞと立ち上がり、居間を出る。寅之助も一緒に仏間へと入った。

黒檀の仏壇の前に座ると、飯塚は亡き娘の位牌を見た。その感慨深げな横顔を見ていると、若くして命を散らした寿美への思慕の念が涌《わ》いてくる。飯塚は合掌し、何事か口の中でぶつぶつと話してから、こちらに向き直った。

「百合《ゆり》の縁談を寿美に報せてやったのだ」

百合とは寿美の妹、才媛で美貌の持ち主であるゆえ、降るように縁談が持ち込まれるのだが、百合自身にその気がなく、これまでは断り続けてきた。

「それは、めでたきこと」

千代が笑顔を寅之助に向ける。寅之助とて、心から祝福したい。

「百合も、いつまでも娘盛りというわけにはまいらぬ」

飯塚はちらっと寿美の位牌に視線を投げかけた。

「相手はどちらさまですか」

千代が問う。

「書院番組頭緒川《おがわ》左兵衛亮《さひょうえのすけ》殿のご次男正二郎《しょうじろう》殿でな、しかも、ありがたいことに、緒川殿は正二郎殿の、当家への婿《むこ》入りを承知くださっておる」

「それは、益々もってよろしゅうございました」

千代も満面の笑みを広げる。

「家柄といい、まこと百合殿にふさわしい縁談ですな。して、結納《ゆいのう》はいつですか」

寅之助の問いかけに、飯塚は小さくため息を吐いた。

「ところがのう。正確に申せば、縁談は本決まりというわけではないのだ。百合は結納を交わす前に、どうしても、正二郎殿とお目にかかりたいと申してな、近々、食事をすることになった」

「つまり、見合いですか」

寅之助に言われ、飯塚は目をそむけてうなずいた。

百合は、相手を見定めた上でないと承知したくはないのだろう。ということは、縁談はまだ整ったとは言えない。寅之助の大番復帰と同様、飯塚らしい勇み足である。そのことは千代も思っているようで、笑顔が引き攣《つ》った。

飯塚は不安を払うかのように、表情を柔《やわ》らかにした。

「まあ、見合いとなれば、縁談は決まったも同然。仲人をお引きうけくださるのは、書院番頭大山掃部助《おおやまかもんのすけ》殿、こちらから断りを入れれば、緒川殿ばかりか、大山殿の面目も潰《つぶ》すことになる。百合とて、よほどの理由がない限り、断るはずはない。正二郎殿とても、百合を気に入ってくださるだろう。よって、この縁談決まったも同然じゃ」

飯塚は己を鼓舞するように快活な物言いとなった。千代も、百合の縁談に水を差すような言動はすべきではないと思ったのだろう。

「さようでございますとも。よもや、相手の殿方が断りを入れるはずはないのですから、決まったも同然です」

二人は、よかった、よかった、と繰り返した。

「縁談が決まり、百合殿は毎日、楽しげにお過ごしなのでしょうね」

千代の問いかけに、意外にも飯塚は首を横に振った。

「それが……、ふさいでおるのでござる。憂鬱《ゆううつ》そうな顔で、食も進まぬ様子。それを見ていると、百合に悪いことをしたようで……。わしが、飯塚の家の存続ばかりに気を取られているようで」

「百合殿……、どなたか、好いた殿方がおられるのではございませぬか」

「千代殿、何かお心当たりがござるか」

飯塚ははっとなった。

「心当たりというような確かなものではございませぬ。女の勘と申しましょうか。うまくは申せませぬが、百合殿には恋い慕うお方がおられるような気がしてなりませぬ」

「実はわしもそう思ったのじゃ。それで、それとなく、百合に尋ねてみたのだが

「……」

「それとなくとは、どのように……」

「おまえ、好いた男がおるのではないか、となどと」

寅之助が問うと、
それとなくではないではないか。

まるで露骨な問いかけである。内心で苦笑しながらも、

「百合殿は何とお答えになったのですか」

「おらぬと申しておった。しかし、わしは、その言葉の裏に百合の想いが潜《ひそ》んでおる、百合は己《おの》が想いを胸に秘めているのかもしれぬ、と考え、好いた相手を教えてくれたら、わしは責任を持って相手との縁談を整える、なに、緒川正二郎殿のことは、わしが何とかする、と強く申した」

飯塚は百合に好いた男がいるのなら、その男と夫婦になることが、何よりの幸せと思い直したそうだ。婿養子ではなく、百合が嫁入りしようがかまわない。

「飯塚の家は、養子でも取るから心配致すな、とも申したのですがな」

百合は、そのような殿方はおりませぬ、と繰り返すばかりだったそうだ。

「寅之助、そなた、何か心当たりはないか。百合から何か話は聞いておらぬか」

「さて、そのような」

寅之助は首を捻《ひね》った。途端に飯塚が、

「これは悪かった。わしが間違っておった。よりにもよって、野中の一本杉に、色恋のことを聞くだけ無駄じゃったわ」

と、己が額《ひたい》をぴしゃりと叩いた。

寅之助はむっとしながらも、飯塚の言う通りだと自覚しているため、黙っていた。千代が、

「飯塚さま、ご心配には及びませぬよ。たとえ、百合殿に好いた殿方がおられましょうが、お見合いを受け入れたということは、気持ちの中は、今回の縁談を承知していらっしゃるのです。武家の娘に生まれた以上、惚《ほ》れた、好いた、で夫婦になるものではないことは自明の理。聡明な百合殿がわからぬはずはありませぬ。一旦、縁談を承知したからには、たとえ好いた殿方がいようと、夫となった殿方に尽くすものです」

千代は堂々と持論を展開した。飯塚は満足げに、

「いかにも、千代殿の申される通りじゃ。いや、よく申してくださった。今の言葉で、わしも自信を持てました」

「出過ぎたことを申しました」

という言葉とは裏腹に、千代は得意げである。やり取りに加われない寅之助は、手持ち無沙汰《ぶさた》となった。すると、飯塚が寅之助に向き直った。

「ところでな、お主に頼みがある」

「色恋沙汰は不得手《ふえて》ですが」

皮肉の一つも返したところで、

「そうではない」

飯塚は、百合の付き添いで、見合いに出て欲しいと頼んできた。

「見合い……。わたし、がですか」

戸惑うと、千代も危うげな表情を浮かべた。

「わしとしたことがのう。見合いの日取りを、うっかり失念しておったのじゃ。大事な寄り合いと重なってな。そのことを百合に申すと、百合は一人で行くと言い出した。いくらなんでも、一人で行かすわけにはいかぬからのう」

飯塚は寄り合いの欠席を申し出ようとしたそうだ。

「すると、百合は、では義兄上《あにうえ》にお願いしたいと申しおった」

「ほう、百合殿が」

百合のためならば、堅苦しい見合いの席に出ることをいとうものではない。それに、見合い相手の緒川正二郎という男に、多少の興味も抱いた。

「それがいいです。寅之助であれば、百合殿も気心が知れていて安心です。見合いの場での緊張も多少は解《ほぐ》れましょう」

千代も賛同した。

「すまぬ。その代わり、お主の大番復帰のことは、必ずや実現させるからな」

飯塚らしい調子の良さで言った。

三

その日の昼頃のことだった。

南町奉行所定町廻り同心青山民部《あおやまみんぶ》と岡っ引繁蔵《しげぞう》は、南八丁堀湊稲荷《みなみはっちょうぼりみなといなり》にいた。町廻りにとって、酷暑の夏の昼と、真冬の朝方ほど辛《つら》い時節はない。今はまさしく、盛夏、強い日差しに焦《こ》がされながら、二人は鳥居前に横たわる二体の亡骸《なきがら》を検《あらた》めている。

湊稲荷は八丁堀の鎮守、寛政《かんせい》二年（一七九〇）に富士塚が設けられ、評判を呼んでいる。富士塚とは富士山信仰に基づいた人工富士で、頂上には浅間《せんげん》神社が鎮座している。

二人とも紬《つむぎ》の着物に絽《ろ》の夏羽織《ばおり》、着ているものは上物だ。それもそのはず、この二人、米問屋の主人である。一人は上野黒門町《うえのくろもんちょう》にある扇屋久蔵《おうぎやきゅうぞう》、もう一人は深川永代寺《ふかがわえいたいじ》の門前にある上総屋宗助《かずさやそうすけ》であった。二人の素性は、民部の傍《かたわ》らで控える料理屋大和屋《やまとや》の女将《おかみ》の証言によって判明した。扇屋久蔵も上総屋宗助も料理屋の常連だそうで、

「いつも、お座敷には豪勢なお料理に、芸者、幇間《たいこもち》がつきものでした」

女将が言うには、二人は相当に金遣いが派手であったようだ。

「豪勢なもんですね。米っていやあ、あっしら庶民は、値が上がって困ってるってのに」

繁蔵が嘆《なげ》くのも無理はない。ここ数年の飢饉により、米の値は高騰している。それでも、江戸には天領からの米が入ってくるため、どうにか、飢《う》えない程度にはありつけている。だが地方などでは、餓死者が出ているのだ。それにもかかわらず、米問屋の二人は、豪勢に遊び呆《ほう》けていたわけだ。腹が立つのをぐっと堪《こら》え、亡骸を検める。その間に繁蔵が女将から二人の様子を確かめた。

二人は昨晩夜四つ（午後十時）に店を出たという。駕籠《かご》を呼ぼうとしたら、二人とも酔い覚ましに夜風に吹かれながら、船宿まで行くと帰って行ったそうだ。鉄砲洲《てつぽうず》に軒《のき》を連ねる船宿の一軒から船を仕立て、上野と深川に帰るつもりだったのだろう。湊稲荷から船宿は目と鼻の先である。ところが、船宿に辿《たど》り着く前に、殺されたということだ。

女将からはそれ以上の情報は聞き出せそうになかった。

女将が帰ってから、繁蔵も亡骸の傍にしゃがみこんだ。民部が傷口を確かめた。二人とも首筋を鋭い刃物で抉《えぐ》られている。

「匕首《あいくち》ですかね」

繁蔵が言った。

「いや、違うな。もっと鋭い凶器だ」

「千枚通しですかい」

「そこまでは細くないが。上から振り下ろしているな」

民部は十手《じつて》を取り出し、柄を逆手に持って振り上げ、下ろして見せた。繁蔵はうなずきながら視線を凝《こ》らす。

「するってえと、一体、何ですかね」

繁蔵が宗助の胸元から、はみ出ている紙を取り出した。

「何か、書いてありますぜ」

繁蔵は広げた。

「暴利をむさぼる米問屋に天罰を下す。天狗《てんぐ》」

民部が読み上げる。

「天狗の仕業ですか」

繁蔵はふっと噴き出してから、

「そういやあ、この傷、天狗が爪で引っかいたのかもしれませんぜ」

「まさか」

民部は苦笑を漏《も》らした。

「あっしだって、本気で天狗が天罰を下したとは思いませんがね、米の値上がりで儲《もう》けた米問屋ってのは、そら、腹が立ちますぜ。おまけに、毎日、遊び呆けてたとなりゃ、尚《なお》のことだ。人間、死ねば仏だが、なんだか、得心が行きませんや」

「まあ、それは置いておいて、殺しは殺しだ。決して誉められるものではない」

民部は扇屋久蔵の懐《ふところ》からも、同じ書付を取り出した。更に、着物を検めると二人とも財布があった。従って、物盗り目的ではない。天狗の仕業ではなかろうが、米問屋に鉄槌《てっつい》を下すことが、殺しの動機だと考えていいだろう。

いや、決め付けはよくないな。恨《うら》みということもある。二人に個人的な恨みがある者の仕業、動機をごまかすために、暴利をむさぼったことへの天罰に見せかけたのかもしれない。

すると繁蔵が、

「これ、何ですかね。ざらざらしてますぜ。砂じゃねえな」

と、扇屋久蔵の顔や首筋を指で拭《ぬぐ》った。民部は上総屋宗助の顔を触る。なるほど、ざらざらとしている。細かい粒状のものだ。砂ではない。

「なんだこりゃ」

繁蔵は指に付いたざらざらに鼻を近づけた。民部は、

「塩ではないか」

繁蔵は指をしゃぶった。

「違いないや。しょっぺえや」

「塩とは……。下手人《げしゅにん》の仕業であろうか。そうとしか考えられないな」

「てめえで殺しておいて、お清めでもしようってこってすかね」

「天狗を名乗っておいて、お清めなんぞするものか」

民部は手巾で滴《したた》る汗を拭った。繁蔵も手拭で顔といわず、首といわず、拭《ふ》きまくる。せめて、木陰であればいいのだが、亡骸が横たわっているのは、日輪にさらされる所である。海が間近なため潮風を期待したが、吹き込む風は生暖かく、潮の匂いが強烈だ。

恨めしげな民部と繁蔵を嘲笑《あざわら》うかのように蟬《せみ》の鳴き声がかまびすしい。

「この陽気で、頭がおかしくなっちまったんじゃござんせんかね」

繁蔵が言う。

「そうかもな」

民部も納得はしないが、それでも、そう思いたくもなるような陽気である。

「地道に聞き込みしなければなりませんがね」

繁蔵が身が入らなさそうなのは、酷暑のせいばかりではなく、被害者が飢饉に便乗して暴利をむさぼった米問屋だからということが大きいに違いない。

「死ねば仏だ」

民部は自分自身に言い聞かせるように、聞き込みに向かった。

結局、聞き込みの成果は得られなかった。

昨晩は、大川《おおかわ》へ夜風にあたりに出かけた者は多数いたが、湊稲荷の周辺には人気はなかった。聞き込みが足りないのだとは思うが、いかんせん、茹《う》だるような暑さである。聞き込みをされる方も迷惑顔だ。それに、江戸っ子はとかく噂話が好きで、米問屋が殺されたことは広まっていたし、扇屋久蔵と上総屋宗助が悪どい金儲けをして、放蕩を尽くしていたことも知れ渡り、そのせいもあって、下手人探索に協力する者はいなかった。

「こら、貧乏くじかもしれませんぜ」

繁蔵は嘆くことしきりである。民部も口に出すことは憚《はばか》ったが、自分から買って出て行う御用ではない。

「天狗にやられたってことで、落着になりませんかね」

繁蔵はため息混じりに言った。

「そういうわけにいくか」

「ですよね」

言いながら二人は八丁堀周辺を歩いている。もう、夕暮れだ。しかし、風はそよとも吹かず、地べたから暑気が迫《せ》りあがってくる。正直、へとへとだ。

楓川《もみじがわ》沿いに植えられている柳の木陰に身を寄せると、越中橋《えっちゅうばし》の袂《たもと》にある縄暖簾から女中が出て来て、打ち水を始めた。すると、濃厚な土の香りが立ち上る。

わずかに涼を感じることができた。

そこへ、

「よお」

一人の侍が歩いて来る。

空色の単衣《ひとえ》に草色の袴《はかま》といった略装は、旗本の気楽な外出を思わせるが、顔中を覆う髭、右手に携えた千鳥十文字の鑓が、只者ではないことを示していた。時代遅れの戦国武者のようなこの侍、寺坂寅之助と民部たちは親しい間柄である。

寅之助は二人を見ると、巨体に似ぬ敏捷《びんしょう》さで近づいて来た。夕日を受け、千鳥十文字の鑓の穂先が鈍い煌《きらめ》きを放つ。

「こら、一本鑓の旦那」

繁蔵が親しみの籠《こも》った笑顔を送る。

民部は単衣の襟《えり》を整え、一礼した。民部は寅之助が師範代を務める無外流瀬尾誠一郎道場の門人である。それとは別に、寅之助に個人的に弟子入りし、剣の手ほどきを受けている。民部が地元八丁堀の道場に通わず、神田雉子町にある瀬尾道場に通うのは、腕っ節が弱く、青瓢簞《びょうたん》のような風貌の民部を同僚たちが蔑《さげす》んでいるからで、民部はいつか連中を見返してやろうと、密《ひそ》かに剣の修行をしていたのだ。

寅之助には剣の修行以外でも、世話になるようになった。八丁堀同心の探索に寅之助が興味を持ち、共に探索を行ったこともある。自然、繁蔵とも親しくなった。

「どうした、疲れた顔をして」

寅之助の前で、身形《みなり》を整えたものの、民部の顔には明らかに疲労の色が浮かんでいる。

「この暑さに殺しですからね、ばてるってもんですよ」

民部の代わりに繁蔵が答えた。

「殺しか……」

寅之助の胸が騒いだ。今朝、舅飯塚宗十郎から聞いた役目、新たな大番の編成に伴い、江戸の世情に通じた寅之助を大番に復帰させるというものだ。寅之助自身は、母には悪いが、大番に戻りたくはなかった。堅苦しい御城勤めなど、やりたくはない。勝手気ままな市井の暮らしを知ったから尚更だ。

しかし、飯塚が構想する大番はこれまでとは違うという。江戸の市井に溶け込み、町奉行所の手には負えない凶暴な賊から江戸の治安を守るというのだ。古い頭揃《ぞろ》いの大番で、そんな組織編成が、果たしてできるのか、甚《はなは》だ疑問だが、もし、飯塚の構想が実現すれば、自分にも働きの場所ができる。

それだけに、殺しと聞いて放ってはおけない。

「よし、ちょっと、そこらで唇をしめらすか」

寅之助が周囲を見回すと、

「合点だ」

繁蔵は民部の返事を待つことなく、越中橋の袂にある縄暖簾に駆け込んだ。

四

「一番乗りか」

寅之助は上機嫌で暖簾を潜った。縄暖簾に一番乗りをしたところで、自慢にならないどころか、自堕落さを物語っている。千代が耳にしたら、顔をしかめるだ

ろう。小上がりの座敷に席を取る。繁蔵が、

「冷やで頼むぜ」

と、板場に声をかけてから寅之助と民部に、「で、いいですよね」と確認を求めた。寅之助も民部も異存はない。寅之助は鐺を欄間《らんま》に掛けてからどっかと座る。民部に、

「羽織を脱げ」

と言ったが、民部は寅之助の面前を憚り、脱ごうとはしなかった。

「こっちが暑苦しくなる」

寅之助が顔をしかめたことで、ようやく、民部は絽の夏羽織を脱いで丁寧《ていねい》に畳《たた》んだ。徳利《とっくり》が運ばれて来た。繁蔵が受け取る。

「湯飲み、くれよ」

猪口《ちょこ》を女中に返して代わりの湯飲みを受け取った。まずは、三人が黙々と酒を飲んだ。寅之助が、

「働いた後の酒は堪《こた》えられんな」

と、言ってから、おれは働いていないがなと言い添えた。繁蔵は声を立てて笑ったが、民部は言葉を返さなかった。繁蔵は奴豆腐《やっこどうふ》と空豆《そらまめ》、谷中生姜《やなかしょうが》を頼んだ。

「どんどん、頼め。今日は、おれがおごってやる」

「こいつはありがてえ」

繁蔵は一日の疲れが飛ぶと大喜びだ。

寅之助はひとしきり飲んでから、

「殺しとは……」

と、民部に問いかけた。

「米問屋が二人、殺されたのです」

民部は扇屋久蔵と上総屋宗助が殺された様子を語った。

「天狗の仕業か」

寅之助は苦笑を漏らした。繁蔵が谷中生姜に味噌《みそ》をたっぷりと付けながら、

「傷口ってのが、まるで天狗の爪でやられたような跡でしてね、それに加えて塩が撒《ま》いてあるって、そらもう、妙な殺しなんでさあ。で、この陽気でございましょう。あっしも、青山の旦那も、頭のおかしなのが、やらかしたんじゃねえかって」

ここで民部が繁蔵を遮《さえぎ》り、

「わたしは、そうは言っておらぬ」

と、口を挟《はさ》んだ。

繁蔵はどうもすみませんと頭を掻《か》いてから、

「何せ、殺されたのが悪徳米商人でございましょう。聞き込みしても、誰も協力なんかしてくれませんや」

繁蔵はお手上げだと言わんばかりに、両手を広げた。寅之助は谷中生姜を箸《はし》で摘《つま》んで味噌に付けようとしたが、うまく絡まない。まいいかと、そのまま口に運ぶ。それを目ざとく繁蔵が、

「一本鑓の旦那、案外と不器用でござんすね」

「そうか」

寅之助は苦笑を漏らした。

「いいですかい。箸なんか使わないんですよ。こう、手づかみで」

繁蔵はお手本だとばかりに、指で生姜を摘んで、味噌をたっぷりと付けた。次いで、むしゃむしゃと嚙《か》むと、美味《うま》そうに破顔する。

「なるほどな」

寅之助も繁蔵を真似《まね》てやってみた。確かに味噌が生姜といい具合に絡まって、酒と絶妙に合った。

美味い物を食べるのに、格好などつけなくていいのだ。礼儀作法にうるさい江戸城や武家屋敷では、到底できないことである。やはり、市井の暮らしはいいものだ。

民部は真顔で、

「下手人を挙げないわけにはいきませぬ」

「それはそうだ」

寅之助にも異存はない。

「一本鑓の旦那は、どうお考えになりますか」

繁蔵が問いかけてきた。

「金目的ではないのは、亡骸に財布が残されていたことから明らかだ。天狗を名乗り、米問屋に天罰を下すと書付に残している以上、それに、意味があるのだろう。それと、亡骸にわざわざ塩を撒いていたこともな」

「恨みの線は考えられませぬか」

「二人に恨みを抱いている者に心当たりはあるのか」

寅之助が民部に問い返すと、繁蔵が聞き込んできたことだと断って答えた。

「それが、多過ぎて……。なにせ、二人の悪どい稼ぎぶりと、散財ぶりは悪名が高くて、呆《あき》れるほどです。ある時なんぞは」

繁蔵が語るところによると、米を求めてやって来た年寄り、女、子供を、雇い入れたやくざ者に追い払わせたという。

「まったく、血も涙もねえって、そんな評判ばっかりですぜ」

「恨む者には事欠かぬということか」

「殺されて当然のような連中でさあ」

繁蔵は酒の代わりを頼んだ。

「米問屋といえば、大坂での大塩平八郎の乱、あれも米絡みであったな」

寅之助の言葉を民部が引き取り、

「飢饉に便乗して米の値を吊《つ》り上げ、暴利をむさぼった商人への怒りから、救民を叫んで立ったとか」

繁蔵が、

「するってえと、今回の天狗を名乗っている野郎は、大塩平八郎の流れを汲《く》んでいるんですかね」

「わからんな」

民部は首を横に振る。

「だとしたら、まだこれからも、米問屋殺しが続くかもしれんぞ」

寅之助は言った。

「そうかもしれませんよ、こら、大事だ」

繁蔵は肩をそびやかした。

「世直し、救民、人を殺さねばできぬのでしょうか」

民部らしい生《き》まじめさである。

「さて、おれは世直しとはほど遠い男であるがな」

寅之助は欄間に掛けた鐺を見上げた。釣られたように繁蔵も見上げる。

「確か、旦那のご先祖さまが、東照大権現《とうしょうだいごんげん》さまから、鐺を下賜《かし》されなすったんですよね」

「いかにも」

「天下を乱す者を、あの鐺でもって成敗せよ、というのが家訓でいらっしゃるとか」

繁蔵は酔いが回ったようで呂律《ろれつ》が怪しくなってきた。

「そうだ」

寅之助がうなずいたところで、

「そんな旦那の目からご覧になって、困窮する庶民をよそに暴利をむさぼる米問屋ってのは、退治すべき連中なんじゃござんせんかね」

繁蔵は天狗を名乗る下手人に肩入れをしている。

「よさないか」

民部が危うさを感じたようだ。

「しかしな、いくら暴利をむさぼり、豪奢《ごうしゃ》な遊びにうつつを抜かしておるからといっても、無闇と鑓の錆《さび》にするわけにはいかん。世の中には法というものがあるからな」

「やっぱり、一本鑓の旦那も御直参だ。御公儀の御政道には逆らえねえってわけだ」

「こら、繁蔵」

民部は繁蔵の手から湯飲みを奪い取った。それから、寅之助に向かってぺこりと頭を下げた。

「まあ、それはいい。繁蔵が憤《いきどお》るのも無理ないことだ」

「しかし、天狗を名乗る者、これからも殺しを続けるとなりますと、最早、町方の手には負えないような」

民部は弱気になりそうな自分を叱咤《しった》するように身を震わせた。

「物騒な世の中ですからね」

繁蔵は真顔になった。

「どうした」

繁蔵の顔つきが変わったことに、寅之助は気づいた。

「いえね、浦賀《うらが》のことお耳に入っているでしょう。先月の二十八日でしたかね」

「異国の船が来航したそうだな」

それがどうしたと目で問い返す。

「モリソン号って名前の船だそうですぜ。今回に限らず、異国の船が日本にやって来るじゃございませんか。以前は江戸よりもずいぶんと遠くばかりだったってのに、浦賀ってことは、江戸湾の玄関口ですぜ」

確かに、浦賀は玄関口である。そのため、江戸湾に入港する船を検める船番所がある。船番所は、当初下田《しもだ》に設けられていたが、波が高く暗礁に阻《はば》まれ、船の出入りが困難であったため享保《きようほう》五年（一七二〇）師走《しわす》（十二月）、下田奉行堀利《ほりとし》喬《たか》が浦賀奉行となったのを機に浦賀への移転が計画された。船改めが実施されるようになったのは、翌享保六年の如月からである。

役目は武器や女、囚人などの江戸出入りを取り締まること、並びに荷改めである。浦賀奉行所から与力二名、目付役同心一名、同心組頭か見習いが一名、同心十二名が詰め、廻船問屋を指揮して船改めを行っている。改めるに当たり、船の水夫《かこ》一人につき一匁《もんめ》八分を問料として徴収していた。

その浦賀沖に異国の船が来航したのだ。

「こら、そのうち、江戸にも異国の船が押し寄せて来るんじゃねえかって、そんな声が聞かれますぜ。しかも、異国の船ってのは、山のようにでかくて、積んでるのも大砲だとか鉄砲だとか、すげえ武器ばかりだって言うじゃござんせんか。そんな連中に、十手で立ち向かえますかね」

繁蔵は腰の十手を引き抜いた。

飯塚が危惧していたように、大塩平八郎の乱の余波と異国船の到来に、繁蔵のような庶民までも危機感を覚えている。まさしく、天下泰平が揺らいでいるのだ。

いつまでも、旧態依然とした幕府では駄目なのだろう。政《まつりごと》に興味はないが、背を向けてはいられない。

「こいつ、悪酔いしたようですよ」

民部が言うと、

「悪酔いじゃござんせんよ。今、日本は危機だって、そう説いてなさる偉い学者がいるそうですよ。読売に載ってました」

「読売か」

民部が鼻で笑うと、

「馬鹿にできませんよ」

繁蔵は抗《あらが》った。

「何という学者だ」

寅之助は気にかかった。

「ええっと」

繁蔵は思い出そうと腕組みをした。しばし思案の後、

「藤沢《ふじさわ》……。ええっと、藤沢なんとかって」

と、酔いが回ったのか大あくびを漏らした。

五

繁蔵はそのまま寝込んでしまった。民部が呆れたように、

「寺坂さま、とんだご無礼を申し上げました」

「いや、そのことはよい。それよりも、世の危機を訴える学者が評判を取っておるとはな」

「読売が伝えておることでございます。読売受けするような、派手派手しいことを並べ立て、いたずらに人々の不安を煽《あお》り立てておるのではございませんか」

「そうかもしれぬ」

寅之助は湯飲みを口に押し当てたまましばし、沈黙した。

「ご不快に思われましたか」

「いや、そんなことはない。おれは、世情にまだまだ疎い。もっともっと溶け込まねばな」

寅之助は湯飲みの底に残った酒を呷《あお》った。世は変わっていくのか、旧態依然とした大番は役に立たなくなるのか。ふと、千鳥十文字の鑓を見上げた。

「鑓も古いか」

そんな気分に襲われた。となると、自分も古い。いや、そもそも、自分は時代遅れの戦国武者なのだ。

「しかし、おれにだって働きの場はある。いくら時代遅れと言われようが、千鳥十文字の鑓、神君家康公下賜の鑓だ。おれは鑓働きしかできんがこれはおれの魂、寺坂寅之助の生き様だ。十手がおまえたちの心であるようにな。暑い中、大変であろうが、殺しの探索しっかりな」

寅之助は言い置いて立ち上がった。民部は正座をし、両手を膝に置いて頭を垂れた。

番町の組屋敷に戻った。

玄関で出迎えた千代に、

「民情視察です」

と、堂々と言い放った。いつもなら、批難がましい目や、時には厳しい小言を並べる千代だったが、飯塚の話を聞いた後だけに、

「ご苦労さまです」

と、労をねぎらってきた。こうなると、何だか悪いような気がする。なにせ、民部や繁蔵と酒を酌《く》み交わしてきただけだったのだから。

玄関を上がると、

「百合殿がいらしていますよ」

千代から聞いて居間へと入った。百合が座っていた。端然と微笑《ほほえ》むその姿はまさに、野辺に咲く白百合である。

「こたびは、よかったな」

寅之助はにっこり微笑みかけた。ところが百合は、

「まだ、決まっておりません。それよりも、義兄上、付き添いのこと、本当にありがとうございます」

と、頭を下げた。

「なんの、おれで役に立てることがあったら、喜んで付き添う」

寅之助は言う。

そこへ、千代が冷たい麦湯を持って来た。寅之助を見て、

「お見合いの席には、そのようなむさい格好で出てはなりませんよ。その髭も、きちんと剃《そ》りなさい」

厳しい声をかけてきた。

「やはり、剃らねばなりませぬか」

寅之助は顎鬚を指で摘んだ。すっかり、この髭が顔に馴染んでいる。今更、髭のない自分の顔は想像できない。しかし、百合のためだ。髭くらい剃ってやろう。どうせ、放っておけば生えてくるのだ。

「わかりました。さっぱりとしてまいります」

そう返事をしたところで、

「必要ございません」

百合が言った。

「ええ」

思わず寅之助は口をあんぐりとさせ、千代も戸惑い、

「なりませぬ」

と、声を上ずらせた。

「いえ、本当によろしいのです。むしろ、お髭が伸びたままの義兄上の方がわたくしはよいくらいです」

千代が目をぱちくりとさせて、

「百合殿、ひょっとして縁談に気が進まぬのですか。それで、寅之助のようながさつな男を付き添いに立てて、わざと気に入られまいとお考えでは」

「お義母上さま、わたくしは意に染まぬということであれば、義兄上の責任にはせず、わたくしの意志で断ります」

それは、毅然《きぜん》とした物言いであった。その様子からして、決して言葉に嘘偽《うそいつわ》りがあるものではないことは、はっきりとしている。そのことは、千代にも十分に伝わったようで、

「これは失礼致しました。では、どうして」

千代の疑問を正面から受け止め、

「わたくしは、このお見合いに、できるだけ平常心で臨みたいのです。決して、色眼鏡で相手の殿方を見ず、かといって、気圧《けお》されることもなく、普段の自分を見ていただきたいのです。それには、お髭を剃り、かしこまった義兄上が横におられては、緊張してしまいます」

百合は生意気申してすみませんと付け加えた。

「よくぞ、申された。それでこそ、百合殿です。寅之助、百合殿のお気持ちをよく汲み取って、心して付き添うのですよ。いくら、普段通りを百合殿がお望みで

も、お見合いというのは特別な場なのです。それ相応の緊張を持って臨むのが当たり前ですよ」

千代は釘《くぎ》を刺すことも忘れなかった。

寅之助は百合を屋敷まで送ることにした。近所ですから、と百合は遠慮したが、嫁入り前の娘が一人夜道を行くのはやはり心配だ。道すがら、

「相手の男、名門旗本のようだな」

「それがどうかしたのですか」

百合はぶっきらぼうになった。ひどく不機嫌な様子である。飯塚が言っていたように百合には好きな男がいるのかもしれない。

「やはり、気が進まぬのか」

思わず問いかけてから、

「やはりとは」

百合に問い返され、己が失言に気づき、

「いや、その、なんだ。あまりうれしそうではないのでな」

「どのような殿方かもわからぬうちに、喜ぶも失望するもございません」

「でも、こんなことを言っていられるのも、今のうちだけかもしれません。いつまでも娘気分が抜けないというのは、武家の娘としましては失格でございますね」

「それはそうだが……」

百合は自嘲気味な笑みを浮かべた。

ふと、百合は足を止めた。寅之助は振り返り、足を止める。百合は夜空を見上げていた。

「流れた」

そう子供のようにはしゃいだ。

寅之助も見上げる。雲間を星が流れた。

思わず、百合の縁談が整いますようにと願った。

「義兄上、星に何を願われましたか」

「百合殿の縁談がうまく行きますようにと……」

すると百合は唇を噛んだ。やはり、今度の縁談、気が進まないのであろう。御家のために仕方なく引き受けたに違いない。

「百合殿には、寿美の分まで幸せになってもらいたい」

まるで言い訳でもするかのように、言い添えた。

「ありがとうございます」

百合の言葉には感情が籠っていない。気まずい空気が流れた。

「百合殿は何を星に願ったのだ」

「わたくしは……。義兄上によき後添いがまいられることですわ」

「後添いなどは……」

「以前にも申しましたように、義兄上はいつまでも姉上に義理を立てることはありませぬ。姉上だって、あの世で案じておられますわ、きっと」

百合は堰《せき》を切ったように捲《まく》し立てた。

「おれのような、がさつな男に後添いのきてなどはおらぬさ」

「そう決め付けてはなりませぬ」

百合の目がきつく凝《こ》らされた。予想外の百合の厳しい態度にたじろぎ、

「わかった。考えておく」

「また、義兄上は生返事ばかりなさるのですから」

百合は歩き始めた。歩きながら、

「こんなことを申しては失礼ですが、義兄上は大番のお役目を担っておられた頃

より活き活きなさっておられます」

「そうかもな、堅苦しい御城勤めから逃れられたからな。おっと、母上には内緒だぞ」

「江戸市中で様々な人や事件と関わり、本来の義兄上が現れたと申したらお怒りになりますか。でも、わたくしは今の義兄上の方がずっと好きです」

言い置くと、百合はすぐそこですからと足早に立ち去った。

夜風に百合の残り香が香った。

百合は日に日にしっかりとしていく。成長に目を見張るだけに、何時《いつ》までも娘でいることが不憫《ふびん》に思われる。

ともかく、見合いの付き添い、しっかりと務めねば。

「寿美、願っていてくれ」

瞬く星を見上げて語りかけた。寿美の顔が紫紺の空に、薄《うつす》らと浮かび上がったような気がした。

「おまえ、おれと暮らして幸せだったか」

病弱だった亡き妻への思いに、胸がかきむしられた。考えてみれば、ほとんど寿美の笑顔を見たことがない。嫁いで三年、後半の一年半余りは病に臥《ふ》せっていいる日が多かった。そのことを寿美は心苦しく思っていたようで、寅之助と顔を合わせるたびに発する言葉は、詫《わ》び言ばかりだった。

そんな寿美と会うことが苦痛になった。今にして思えば、もっと寄り添ってやるべきだった。病床で下らぬ世間話でも聞かせてやるべきだった。

後悔先に立たず、だ。

百合には幸せになってもらわないと、寿美の分まで。

六

明くる四日の朝、民部は八丁堀の組屋敷を出た。今日は、幾分かゆっくりである。奉行所には出仕せず、引き続き聞き込みを行おうと考え、昨晩のうちに筆頭同心の屋敷を訪ね、報告をし、了解された。

今日もかんかん照りで、まだ朝だというのに汗ばんできた。弱音は吐きたくはないが、行水でもしたいところだ。

すると目の前を一人の女が歩いて来た。

一瞬にして胸がときめいた。

民部と同じ南町奉行所の臨時廻り同心御手洗佐平次《みたらいさへいじ》の娘志乃《しの》である。八丁堀小町と称されるように、その美貌は八丁堀界隈《かいわい》ではつとに名高く、誰の元に嫁ぐのか、酒の席では必ず話題になる。民部自身も熱い思いを寄せている一人だ。

だが到底、自分には高嶺《たかね》の花だ。

「お早うございます」

志乃はたおやかな笑みで挨拶《あいさつ》をしてきた。

「お、お早うございます」

つい声が上ずってしまう。そんなだらしない自分とは対照的な気丈さで、志乃は背筋を伸ばして立っている。ふと見れば、手に紫の風呂敷包みを抱えていた。

民部の視線に気づいたようで、

「最近、学問所に通うようになったのです」

志乃は頬《ほお》を緩《ゆる》めた。目が生き生きと輝き、学問することの喜びに満ち溢れていた。そういえば、以前、志乃は言っていた。自分は学問の道を歩みたいと。女だてらに、学者になりたいと、気後れすることなく言う志乃は、才色兼備を窺《うかが》わせた。

「どのような学問をなさっておられるのですか」

「陽明学《ようめい》です」

志乃は答えた。

陽明学とは、明国《みん》の儒学者王《おう》陽明が唱えた学問である。知行合一《ちこうごういつ》、すなわち、知っていて何も行わないのは知らないことと同じであるという、実践を重んじる教えだ。

「陽明学ですか。どなたさまが講義をなさっておられるのですか」

「藤沢監物《けんもつ》先生です」

「藤沢……」

聞いたことがあるような。

民部は記憶の糸を手繰《たぐ》った。

――そうだ――

繁蔵が言っていた。読売で大変な評判を呼んでいるという。日本国の危機を叫んで、人々を惑わしている男だ。

志乃も惑わされているのではないか。

民部の心配をよそに、

「とっても素晴らしい先生でございます。わたくしのような女でも、これからは学問をする時代だと励ましてくださいます」

志乃は少女のような興奮を見せた。

「陽明学とは、大塩平八郎も陽明学の熱心な学徒であったとか」

つい、志乃の向学心に水を差すようなことを言ってしまった。言ってからしまったと思ったが、もう、遅い。たちまちにして、志乃の表情がきつくなった。

「藤沢先生と謀反《むほん》人大塩平八郎を、一緒にしないでくださいませ。藤沢先生は、陽明学ばかりか、西洋の優れた技術も紹介してくださいます。これからは、西洋諸国に負けぬ技術を持たなければならないのです」

志乃はすっかり藤沢に感化されているようだ。藤沢監物という学者への好奇心が募ったが、今は殺しの探索が優先だ。

「青山さまも一度、藤沢先生の塾を覗《のぞ》いてくだされば、先生の素晴らしさがおわかり頂けますよ」

「はあ……」

民部は曖昧《あいまい》に言葉を濁《にご》した。

「では、これで」

志乃は端然とした姿で立ち去った。

民部は繁蔵と共に聞き込みを続けた。しかし、依然として手がかりは得られていない。このままずるずると時が過ぎれば、未解決となろう。

湊稲荷の近くにある茶店で一休みをしながら繁蔵と言葉を交わした。ふと、藤沢監物のことが思い出される。

「おまえ、昨晩、縄暖簾で藤沢監物という学者について話をしていただろう」

「ええ、あっしが」

繁蔵は昨晩のことをすっかり忘れているようだ。

「寺坂さま相手に、これからの時代は異国とも戦うことを想定しなくてはならん、と捲し立てておったではないか。そのネタ元が藤沢という学者だと」

民部に言われ繁蔵は手を打った。

「そうでしたね。それはね、大した評判だってことは間違いありませんよ。でも、どうしてですか。藤沢先生の話なんか持ち出すとは」

「いや、別に。その、なんだ、八丁堀でも藤沢監物の学問所に通う者がおるのだ」

志乃だとは言わずにおいた。

「へえ、八丁堀の旦那でも学問好きなお方ってのはいらっしゃるもんですね」

繁蔵は言った。

「何処《どこ》にあるのだろうな」

「神田お玉《たま》ヶ池《いけ》だそうですよ」

繁蔵は冷たい麦湯を飲んだ。

神田お玉ヶ池なら、瀬尾道場の近くである。次の非番の日、瀬尾道場に行く前に覗いてみようか。

「西洋人ってのは、身体もでけえし、食い物もすげえっていいますぜ。獣の肉を食らって血の酒を飲むのだとか。そんな連中と戦《いくさ》にでもなったら、勝ち目はあるんですかね。ま、一本鎗の旦那くらいじゃねえですか。五分に渡り合えるのは……」

繁蔵は満更冗談でもなさそうだ。

それから三日が過ぎた文月の七日。

民部と繁蔵は同じ茶店で額をつき合わせ、唸《うな》っている。あれからさらに、三人の米問屋の主が殺されたのである。

日本橋長谷川町《にほんばしはせがわちょう》の料理屋で米問屋の組合の寄り合いがあり、その帰り道、浅《あさ》草並木町《くさなみきちょう》の上州屋紋次郎《じょうしゅうやもんじろう》、本所吾妻町《ほんじょあずまちょう》の備前屋峰吉《びぜんやみねきち》、両国《りょうごく》西広小路の讃岐屋吉《さぬきやきち》兵衛《べえ》の三人である。三人は、先ごろ殺された扇屋久蔵、上総屋宗助と同じく、首筋を天狗の爪のようなもので抉られていた。

──暴利をむさぼる米問屋に天罰を下す　天狗──

という書付も残され、塩も同様に撒かれてあった。

「一本鑓の旦那の悪い予感が当たりましたね」

繁蔵の言う通りである。

これで、下手人の狙いははっきりとした。下手人は飢饉に乗じて暴利を得た米問屋たちに天罰を下しているのだ。それは、甚《はなは》だしく独善的なものだが、米問屋たちの横暴を憎む者からは、下手人に喝采《かっさい》を送る声も上がった。

「大塩天狗だそうですよ」

繁蔵が言った。

「そのようだな」

民部は浮かない顔で応じた。

読売が下手人を大塩天狗だと名付けた。もちろん、大塩平八郎を意識しての命名である。大塩は米問屋の横暴に苦しむ庶民のために、救民を掲げて叛旗を翻した。大塩天狗は大塩平八郎の遺志を継ぎ、悪徳米問屋に鉄槌を下しているのだそうだ。

亡骸に塩を撒いているのは、大塩を意味するのだとか。

「大塩天狗とは、畏《おそ》れ入りましたね」

繁蔵はどこか楽しげだ。繁蔵にすれば、大塩天狗に肩入れしたくなるのだろう。

「おい、言葉が過ぎるぞ」

民部は顔をしかめる。

「すんません」

さすがに繁蔵も十手を預かる立場を考えたのだろう。

「それで、外されたんですか」

繁蔵は言った。

「悪かったな」

ぶっきらぼうに返す。

南北町奉行所では、事態の悪化を懸念し、これ以上大塩天狗の凶行を許してはならじと米問屋周辺の警護を行うことにした。ところが、民部はその役目から外された。

民部が武芸下手で、腕っ節をあなどられてのことだ。

「そんな……、怒らねえでくださいよ」

「ま、いいさ。今のおれでは文句は言えぬ。でもな、この手で下手人を捕えてやる。おれを馬鹿にした連中を見返すんだ」

民部は激した。繁蔵は気圧《けお》されたように口をつぐんでいたが、

「そんな思いをなさっていらしたんですね。あっしが言葉に気をつけなかったことはおわびします。でもね、青山の旦那は悔しいでしょうがね、あっしゃ、正直、ほっとしてますよ。こんなこと言ってはいけねえんですがね、殺されたのは、みんな飢饉に乗じて金儲けをした連中だ。自業自得って気がします。警護するってのは、気が引けますや」

繁蔵の思いに賛同する庶民は多く、それが証拠に、読売では大塩天狗の話題で持ちきりである。

「おれは、このままでは引かぬ」

民部は呟《つぶや》いた。

「やはり大塩天狗を追うんですか」

「挙げてやる。米問屋たちのためじゃない。江戸の治安を守る八丁堀同心として、十手にかけて挙げてやるのだ。悪党を葬《ほうむ》るのは法だ。手前勝手に命を奪っていいものではない。たとえ、相手が悪党であろうとな」

民部は八丁堀同心としての執念をみなぎらせた。

語っているうちに、決意が強くなった。

「わかりました。あっしも、及ばずながら、働きますぜ」

繁蔵も言った。

「すまぬな」

「そんなこと言わねえでくださいよ」

繁蔵の言葉が胸に響いた。

第二章　藤沢監物《ふじさわけんもつ》

一

七日、百合の見合いの日の夜明けである。

寅之助は緊張している。剣術の試合当日でも味わったことのない緊張だ。自分のことではないのに落ち着かない。いや、自分のことではないから、余計に落ち着かないのだ。

「よし」

寅之助は千鳥十文字鑓を脇に抱え、庭に降り立った。小袖を諸肌《もろはだ》脱ぎにして腰を落とし、鑓を振るった。

「てや！」

気合いを発すると、それに呼応するように蟬《せみ》が鳴き始めた。朝日が昇る。ぎらぎらとした陽光に焦がされ、鋼《はがね》のような胸板が汗で光った。おおよそ四半刻（三十分）の間、思う存分に鑓を振るう。風が鳴り、汗が飛び散り、全身を血潮が駆け巡った。

無心となることができ、心地良い疲労に浸《ひた》ることができる。一息ついたところで、

「金魚え、金魚」

金魚売りが通りかかる。次いで、

「なっと、なっと、納豆」

納豆売り、更には豆腐売り、朝顔売りなどが次々とやって来る。江戸の暮らしが始まろうとしていた。

気が静まったところで井戸端へ行く。釣瓶《つるべ》から井戸水を汲み上げ、手巾を浸して身体を拭った。庭には雑草が目立つ。大番を御役御免となり、小普請入りしてから出入りの庭師を断り、通いの奉公人たちが庭の手入れをしてくれている。だが奉公人たちには他にも下働きがある上に、連日の猛暑である。炎天下、そうそう草むしりばかりできない。暇《ひま》を持て余す寅之助が行おうとすると、

「おやめなさい」

千代が血相を変えて止める。

寺坂家の当主が、奉公人の真似事などするべきではない、と目くじらを立てるのだ。暮らしのことを思えばやむなし、と反論するたびに、たとえつましく暮らしていても、寅之助が大番に復帰してくれれば、それ以上の喜びと誉《ほま》れはないと千代に諭《さと》される。

寅之助は小袖に腕を通し母屋《おもや》へと向かった。

見合いは上野の料理屋望月《もちづき》で行われた。二階の座敷からは、不忍池《しのばずのいけ》や東叡山《とうえいざん》寛永寺《かんえいじ》の威容が望める。涼を取り込もうと窓は開け放たれているため、景色が見渡せる。不忍池の水面には蓮《はす》が花を咲かせ、葉の緑と花の白が日の光に輝いている。弁天堂《べんてんどう》の朱色、上野の山の緑も目に鮮《あざ》やかだ。今日は風が吹き、軒先に吊るされた風鈴が、涼を運んでくれた。

仲人である書院番頭大山掃部助は笑みをたたえていた。寅之助も衿に威儀を正し、百合は艶《あで》やかな振袖姿である。相手方である書院番組頭緒川左兵衛亮夫妻は伏し目がちに座っていた。というのは、肝心の正二郎がまだなのだ。

「申し訳ございませぬ」

緒川は恐縮しきりである。百合は笑顔を返すものの、約束の刻限を四半刻も過ぎている。寅之助は着慣れぬ裃《かみしも》に身を包み、膝《ひざ》を崩すわけにもいかないとあって、居心地悪いことこの上ない。大山は主役不在の気まずい空気を解そうと何かと話をする。

「寺坂は剛の者じゃ。昨年の暮れに行われた上さま御前の剣術試合でも大した腕であった」

これには緒川も、

「拙者も聞き及んでおります」

と、調子を合わせる。

「しかし、決勝で五十嵐《いがらし》龍太郎《りゅうたろう》に遅れを取りました」

五十嵐龍太郎は大番、寅之助とは剣における好敵手である。龍太郎、寅之助の名前から、大番の龍虎と呼ばれてきた。

するとｍ、

「そうであったな、あの勝負、引き分けであったな」

大山がまずいことを言ったと思ったのか、苦い顔になった。それで、気まずい

空気を払おうと、

「いや、寺坂は、剣よりも鑓が得手じゃ。見た通りの戦国武者の如き男でな、それはもう、鑓を取らせれば、古今無双《ここんむそう》の勇者じゃ。そう、戦国武者、まさしく真柄十郎左衛門《まがらじゅうろうざえもん》の如き男よ」

「なるほど」

緒川夫妻がうなずいたところで、

「大山さま、お言葉ですが、真柄十郎左衛門は、七尺の大太刀《おおだち》を得意としておりました。鑓ではございません」

寅之助の言葉に大山は笑顔を引っ込め、

「そうじゃったな」

と、声を小さくした。緒川夫妻も気まずい顔で俯《うつむ》く。

――しまった――

失言だ。

今日は百合のために盛り上げなければならないのだ。それなのに、座を白けさせてしまっては、せっかくの見合いが台無しだ。

自分を責《せ》めたところで、腹の虫が鳴いた。昼餉《ひるげ》の時を過ぎている上に、朝餉を食さずに来たことが災いしたのだ。しんと静まった座敷の中で、風鈴の音色と共に寅之助の腹の虫は鮮明に響き渡った。

横目に百合が笑みをこぼしたのが映り、寅之助は居たたまれない気持ちに襲われた。

大山が、

「このまま待っておってもしょうがない。食事を始めよう。料理屋にも都合があるであろうからのう」

緒川夫妻が異論を差し挟むはずはなく、寅之助は赤面しながらうなずいた。

すぐに、膳が運ばれて来た。

蒔絵銚子《まきえちょうし》には、灘《なだ》から取り寄せられた清酒が入っているが、さすがに誰も手をつけようとはしなかった。寅之助も生唾《なまつば》を飲み込みながら我慢する。すると、百合が蒔絵銚子を持って、

「義兄上」

と、勧めてくれた。

「無用」

きっぱりと断った。緒川が遠慮なさらずと勧めてきたが、千代から今日は酒を

飲んではいけませんと強く釘を刺されたこともあり、杯《さかずき》には手を触れないという決意でこの場に臨んでいる。

すると緒川の妻から、

「百合殿、正二郎のこと、まことに申し訳ございません」

それを受けて緒川も、

「まったく困った奴でござる。くどいくらいに、遅れぬようにと申し聞かせたのだが、いや、まこと、面目ない」

と、頭を下げた。妻も丁寧に頭を垂れる。

百合は笑顔を崩すことなく、

「お気になさらず。待つのは女の務めでございます」

すかさず大山が、

「さすがは、評判の百合殿じゃ。実はのう、これまで、色々と百合殿との縁組依頼があったのだ。わしは、百合殿の相手にふさわしい男を考え、飯塚殿にも持ちかけたのだがな。なにせ、引く手数多《あまた》の百合殿とあって、今日まで実現しなかった。容貌もさることながら、聡明な娘御ということがよくおわかり頂けたと存ずる」

誇らしげに言った。

緒川夫妻は恐縮することしきりである。場が和《なご》んだと判断したようで、大山は興に乗って食膳を見やり、

「鱧《はも》ですぞ」

「はも……」

聞きなれない名前に、寅之助が首を捻《ひね》ると、

「魚へんに豊と書きます」

と、百合が小声で教えてくれた。膳に目をやる。朱塗りの器に氷が置かれ、竹の皮が敷かれて、白身の切り身が盛りつけてある。脇に添えられた真っ赤なものは梅干をすったものだ。

いかにも涼しげだ。夏に食すにふさわしい。

「鱧か」

寅之助は人差し指で空に、「鱧」と書いた。

「これは、珍らかな」

緒川が相好を崩した。

「鱧は京、大坂などの上方《かみがた》では夏の風物じゃ。この店は京都の出店ゆえ、特別に

整えてもらった。料理人も京の本店から来ておる」

大山によると、鱧は細長い魚で骨が多く、包丁捌《さば》きに技術を要するのだとか。手馴れた上方の料理人に任せるのが一番だそうだ。京から料理人まで呼んでいることで、この見合いの重要さを嫌でも思い知らされる。

「鱧は天麩羅《てんぷら》によし、茶碗蒸しにしても、はたまた吸い物の具にもよいが、何と申しても、このように湯引きにして、梅肉を付けて食するのが一番。まさしく、夏の味じゃ」

大山は相当な食通であるようだ。

寅之助は箸を持ち、鱧の切り身を摘んだ。それを梅肉に付ける。ところが、箸は黒檀の上物。滑りやすく、箸から切り身がこぼれてしまった。

切り身が畳を転がる。

緒川夫妻は見て見ぬふりをした。百合の肩が震えている。伏せた横顔の耳たぶの辺りが真っ赤だ。どうやら、笑いを堪えているらしい。

――いかん――

今度は気をつけて摘もうとするが、肩に力が入り過ぎ、うまく摘めない。焦れば焦るほどうまくいかず、竹の皮から氷に落ちてしまった。

「ええい」

焦りが募る。

「箸なんか使わないんですよ。こう、手づかみで」

谷中生姜を食べた時に聞いた繁蔵の言葉が思い出される。

寅之助は咄嗟に切り身を指で摘むと、梅肉に突っ込んだ。白い身に梅の紅色が付き、それは上等な食べ物に見えた。いかにも雅《みやび》な風情《ふぜい》が漂っている。生唾が溜まったところで、口の中に放り込んだ。

しゃきしゃきとした食感が舌を伝い、鱧の甘味と梅の酸味が入り混じり、口中一杯に幸せな気分で満たされた。

「美味《うま》い」

と、口に出してふと我に返ると、みなの視線が集まっていることに気づいた。

二

「す、すみません」

手づかみで食べた行儀の悪さを詫びると、

「義兄上……」

百合が辛抱堪らずといったように噴き出し、手で口を隠しながら笑い声を放った。風鈴の音色にも負けないころころとした秋の虫のような声音は、座敷の空気を柔らかにした。

「いやあ、まこと寺坂は戦国武者のようじゃ。豪快、豪快。そもそも武者とはかくあらねばのう。神君家康公も、鷹《たか》狩りで捕獲した雉《きじ》を焼き、手づかみで食されたとか」

大山は場の空気が明るくなったことに気を良くしたようだ。緒川夫妻の顔にも、寅之助に対する好感が滲《にじ》み出ている。

怪我《けが》の功名とはこのことだ。

不手際が好結果を生んだと安堵《あんど》したところで、

「お連れさま、いらっしゃいました」

と、仲居の声がした。

「丁度よい」

大山が笑顔で言ったのは、場の緊張がうまい具合に解れたところへ、主役である緒川正二郎が来たという、頃合の良さのことであり、寅之助もその通りだと思った。百合もゆとりを持って夫となるかもしれぬ男を見定めることができるだろう。

廊下を足音が近づいて来る。その足音は力強いというよりは乱暴だった。それが、寅之助の胸に小波《さざなみ》を立てた。

男が入って来た。

緒川の顔が渋面になる。妻は目をそむけてしまった。

正二郎は小袖に袴という普段着、月代《さかやき》や髭は剃ってあるものの、髷《まげ》は乱れ、目が吊りあがっている。色白で端整な面差しながら、きつい目をしているため、美男子ぶりは際立っているが、一切の親しみを抱かせない。

肩で息をし、汗を滴《したた》らせながら、

「遅くなりました」

立ったままで言い放った。

「馬鹿者、なんだ、そのなりは」

緒川は大山の目も憚らず、怒りを爆発させた。妻は百合に向かってしきりと詫びている。百合は正面を見たまま、端然と座り続けた。

「塾で議論に夢中になっておりました」

正二郎は悪びれることもなく、百合の正面にどっかと腰を下ろした。胡坐《あぐら》をかいたが、緒川から膝を手で打たれ、不貞腐《ふてくさ》れた顔で正座をする。

和《なご》んだ座敷が一転して重苦しい空気に包まれた。それに合わせるように、強い日差しが差し込み、風が止《や》んだ。蜩しぐればかりがやたらと耳につく。

「何が塾じゃ。このような大事な日に」

緒川が嘆いたところで、

「こちら……」

大山が正二郎を紹介しようとしたが、いかにも声音は鈍く、曇《くも》ったものになっている。すると、正二郎は、

「緒川正二郎である」

と、自ら名乗った。

百合も正二郎を見据えて名乗る。大山が寅之助を紹介しようとしたが、

「わたしは、寺坂寅之助と申す。百合の義兄です」

と、自己紹介をした。

正二郎は薄笑いを浮かべ、

「貴殿が寺坂寅之助殿か。評判は聞いておる。鑓を持たせれば、天下無双の勇者

だと誉めそやす者がおる一方で、将軍家のご子息にも無遠慮な武骨さをあげつらう者もおるとか」

「好き勝手に言わせておけばよいと存ずる」

寅之助は平然と返した。

ここで緒川が、

「正二郎、場をわきまえよ」

と、たしなめた。しかし、正二郎は父親の言葉に耳を傾《かたむ》けることもなく、挑むような目を向けてくる。

「寺坂殿は大番であられたな」

「いかにも」

「ならば、尋ねる。国内にあっては、大塩平八郎の門人を名乗る不逞《ふてい》の輩が、不穏な動きを示し、国外においては西洋の国が日本を虎視眈々《こしたんたん》と窺《うかが》っておる。そんな中にあって、江戸の治安をいかに守るべし」

正二郎は眦《まなじり》を決した。飯塚が憂慮していた事態を正二郎も憂えているというのか。ひょっとして、塾で議論を戦わせたという議題は海防、江戸の治安であったのではないか。

「正二郎、おやめなさい」

母親が強くたしなめたが、

「黙っていてください」

正二郎は反発した。

「見合いの席じゃぞ」

緒川が息子の非礼を叱りつけ、百合を見た。

「わたくしはかまいませぬ。どうぞ、お好きにお話しください」

「しかし」

緒川が困ったような顔をすると、

「女の身では、滅多には聞くことのないお話でございます」

百合の言葉に勢いを得たように、正二郎は話を続けた。

「いかに、お考えになるか」

再び寅之助は挑まれた。

飯塚の言葉が思い出される。

「いかにも、拙者も今のままでは対処できぬと考えておる」

「さすがは剛の者だけあって、太平楽に慣れた武士とは、気骨が違うようだ。

で、いかにする」

最早、正二郎は目下に対する態度である。緒川がたしなめようとしたが、大山が制した。好きなだけしゃべらせるつもりのようだ。

「将軍家直属の軍団、わけても大番が率先して江戸の治安を守る」

「大番が……」

正二郎は薄笑いを浮かべた。明らかに見下している。

「大番をどうするのだ。申しておくが、旧態依然とした大番なぞ、役には立たぬ」

「だから、新たな大番を編成するのだ。大番の者には、武芸十八般を仕込み直し、合格の免状が取れた者だけで、新たな大番を作るのだ」

大番を編成し直すとは飯塚の受け売りで、あとは思いつきである。

すると、

「なるほど日本国内の敵には対応できるだろう。しかし、西洋の国に対抗できるのか」

「できる」

自信満々に答えたものの、裏づけがあるわけではない。

「寺坂殿は西洋の国の装備をご存じか」

「鉄砲や大砲でござろう」

「よいか、西洋の国ではな、竿や艪《ろ》などの人の力、あるいは帆に受ける風の力ではなく、船を動かすことができるのだ。蒸気と申してな、この力によって、遥《はる》か彼方《かなた》、いくつもの大海を越えて、巨大な船が日本を訪れることができる。山のような巨船には、最新式の鉄砲や大砲が積んである。大砲は城の石垣をも崩すことができるのだぞ。そのような武器に鑓や刀で挑んで勝ち目があろうか」

正二郎は嘲笑った。

「正二郎、御公儀への批判は許されぬぞ」

緒川は強い口調となった。正二郎は緒川に向き直った。

「父上、今は着々と藤沢先生の計画が進んでおります」

藤沢先生……。

そうだ、八丁堀の縄暖簾で繁蔵が言っていた。今評判の学者なのだそうだ。何でも、海防の必要性を説き、西洋諸国の脅威を煽っているとか。すると、正二郎が議論を戦わせていたというのは、藤沢の塾ということか。

「藤沢監物か」

大山が吐き捨てた。

緒川が、

「おまえは、藤沢監物などという怪しげな男に染まっておる。もう、行くな。藤沢の塾など へ行ってはならん」

「正二郎、やめてください」

妻も涙ながらに訴えた。

正二郎は益々意気軒昂《いきけんこう》となり、

「藤沢先生の提言は幕閣を動かし、近々新たな組織が生まれる。その組織には、西洋式の装備が施される。西洋の技術を取り入れ、日本の精神をもって西洋諸国に対抗する、という藤沢先生のお考えが実践されたものとなるのだ」

「なんと……」

大山は口をあんぐりとさせた。

「馬鹿な」

緒川は唇を噛む。

「これからは、大番などは無用の長物、大番だけではない、書院番、新番《しんばん》、徒《かち》組、全ては改められる」

正二郎は言った。

見合いはすっかりぶち壊しとなった。

三

明くる八日の朝、百合が訪ねて来た。

居間で千代と寅之助が出迎える。寅之助は昨日の見合いのことをどう切り出そうかと悩んだが、百合はすっきりとした顔で口を開いた。

「昨日の夕刻、大山さまと緒川さまがうちを訪れました」

大山と緒川は飯塚に詫びたという。わけても、緒川の憔悴《しょうすい》ぶりは大変なもので、己が息子の非礼をひたすらに嘆き、詫び言を並べたそうだ。

「当然、破談、いえ、まだ縁談は整っておりませんから、破談とは申せないのですが、ともかく、この縁談はないこととなりました」

飯塚も残念がるどころか、むしろ正二郎のような男を婿に迎えずにすみ、よかったと喜んでいるそうだ。

千代が、

「まこと、不幸中の幸いというものですよ。事前に、縁談相手がどのような男なのかわかったことはよかったです。もし、見合いをせずに結納を交わし、婿入りさせていたらと思うとぞっとしますね。いくら次男坊とはいえ、御直参の家に生まれ、御公儀の禄《ろく》を食む者が御公儀を批難するとは、とんだ不忠者、武士の風上にもおけませぬ」

千代らしい歯切れのいい口調で、正二郎への批判の言葉を並べ立てた。

百合は黙って聞いている。寅之助もほっと安堵した。千代が、

「寅之助、そなたが付き添って、そなた自身は役には立たなかったでしょうが、まあ、これでよしとしましょう」

すると百合がくすりと笑った。

「どうしたのですか」

千代が不思議そうな表情を浮かべると、

「義兄上、鱧を食された時に」

と、寅之助が鱧を手づかみで食べた時の様子を語った。千代は顔をしかめたが、

「まったく、鱧くらい食せるようになりなされ。それには、大番に復帰しなくて

はなりませんよ」

と、結局は大番への復帰をくどいほど言い立てた。とんだ藪蛇《やぶへび》である。

百合が、

「正二郎さまが申された藤沢監物先生というお方、父に聞きましたら、目下江戸で大そうな評判だとか」

さすがに飯塚は耳聡い。藤沢のこともちゃんと知っていたようだ。

「読売が騒いでいるそうだ」

寅之助が応じると、

「覗《のぞ》いてみたい気がします」

百合はすまし顔で言った。

千代の顔が引き攣った。

「おれもいささか、興味がある」

寅之助が応じたところで、

「いけませぬ」

千代が甲高い声を発した。百合が見返すと、

「緒川正二郎殿のような不忠者を育てる塾に行くなど、断じてなりません」

千代は頭から否定した。

「母上、緒川正二郎のことはともかく、藤沢監物という学者の教えは聞いてみてもよいのではござらぬか」

「いけませぬ」

千代は頑《かたく》なだ。

「ちょっと、覗くだけです」

「敵ですよ」

「彼を知り己を知れば、百戦殆《あやう》からず、と申しますよ」

「それは理屈です」

千代は元来が頑固者である。一旦言い出したら、何があっても引かない。

「わたくしも行ってみたいです」

百合が主張すると、

「いけませぬ。そんな、悪の巣窟《そうくつ》など」

千代の頭の中には、果てしもない妄想が広がっているようだ。これ以上、藤沢塾へ行くといえば、千代の意思を益々頑なにするだけであろう。そのことは百合もわかっているとみえ、口を閉ざした。

「では、義兄上、お世話になりました」

百合は立ち上がって居間を出た。

寅之助は百合を送って玄関まで歩いた。玄関に至ったところで、

「わたくし、やはり、一度藤沢先生の塾を覗いてみたいです。女だてらにと思われるでしょうが、評判の学者に興味を抱きます。お見合いの席にまで議論を戦わせる殿方を育てる学者とはいかなるお方なのでしょうか」

「いや、百合殿はやめておけ。おれが行ってくる」

「でも……」

百合のおちょぼ口が尖《とが》った。艶めいた紅色に、ふと色香を感じた。が、それを振り払うように、

「おれが行ってくる。所在は」

強い眼差《まなざ》しを送った。

百合は承知しましたと引き下がり、藤沢の塾が神田お玉ヶ池にあると飯塚から聞いたと答えた。

「それなら、瀬尾道場の途中だ」

今日にも覗いて来ると言った。

「お願いします」

百合は深々と腰を折った。

寅之助は瀬尾道場に行って来ると言い残して、千鳥十文字鑓を担いで屋敷を出ようとした。すると、飯塚が走って来る。血相が変わっていた。玄関から居間に戻る。

「すまぬが、茶を所望したい」

あまりの飯塚の切迫した物言いに、千代は黙って奥へ引っ込む。飯塚は必死で息を整えた。まずは、茶を飲んで気を落ち着けるまで寅之助は待つことにした。

やがて、千代は盆に冷たい麦湯を持って来た。

「これはありがたい」

飯塚は一息に飲み干すと、幾分か表情を落ち着かせた。

「由々しき事態じゃ」

飯塚は言った。

「何事でございますか」

「大番が殺された」

「ええ……」

寅之助は口をぽかんと半開きにした。

「佐藤門三郎《さとうもんざぶろう》、山野辺光蔵《やまのべみつぞう》、渡喜之助《わたりきのすけ》の三人だ」

三人は各々、別の場所で殺された。中間《ちゅうげん》の証言で三人の死に様は明らかだという。

佐藤は番町の屋敷近くで荒法師のような男に薙刀で切り殺されたのだという。

「荒法師……」

いつかの晩に襲って来た三人組の一人である。すると、残る二人は……。

「どうした、心当たりがあるのか」

飯塚に問われそれには答えず、

「山野辺殿と渡殿はどのように殺されたのですか」

飯塚はうなずき、

「山野辺じゃが……」

山野辺は夜半に江戸城の堀端を歩いているところ、怪しげな男に前を塞《ふさ》がれた。

「その男は唐人のようだったと、中間は申しておる」

やはりそうだ。

「唐人は青龍刀で襲い掛かり、当然ながら山野辺も応戦したのだが、何せ、凄《すさ》まじい剣戟《けんげき》であったそうな」

山野辺の刀は折れ、更には額《ひたい》を割られて、絶命したという。

残る渡を殺したのはあの女であろう。果たして、

「渡、これは大きな声では申せぬのだがな、上野不忍池の畔《ほとり》で女に声をかけられた」

昨夜のことだそうだ。

女は渡を挑発するかのように嘲笑い、

「あたしに勝てるか」

と、挑んできたそうだ。

渡は酒が入っていたこともあり、挑発に乗った。女は素手であったという。

「手には、手車なる子供の玩具を持っておった」

その手車の玉によって、渡は額を砕かれたのだとか。

「一体、何者であろうのう」

飯塚は心労を深めた。三人は大番にあっても腕利きで知られていた。その三人

があっさりと殺されてしまったとあって、飯塚も衝撃を隠せない。

「むろん、三人の死は病ということになっておる。大番が素性も知れぬ者たちにやられたとなっては外聞を憚るからな」

飯塚は何度も首を横に振った。

あの三人組……。

つくづく、得体の知れない者たちである。

「それに目下、前にも話した通り、大番を編成し直そうとしておる時。その大番があのように無惨にも殺されたとあっては、わしの企てに悪影響を及ぼす」

飯塚は表情を強張《こわば》らせ、

「百合の見合いの席で話題になったであろう。藤沢監物なる学者が、大番を無視するが如く新たな組織を提言しておると」

「門人の緒川正二郎が、声高らかに語っておりましたな」

「三人が無惨にも殺されたことが知れれば、藤沢の大番批判に拍車がかかる」

飯塚は弱ったという言葉を連発した。

「まあ、舅殿、落ち着いてくだされ」

「馬鹿者、落ち着いてなどいられるものか。これはな、大番の存続にも関わるのだぞ。おまえだって、大番に復帰できなくなるのだぞ」

「はあ」

寅之助が生返事をする。

「これだからな」

飯塚は頭を抱えた。

「心配せずともようござる」

「根拠はあるのか」

「これから、藤沢塾へ行ってまいります」

「お主……」

「なに、敵情視察でござるよ」

「敵情視察のう。よかろう」

飯塚はほっとしたようだ。

四

寅之助は、神田お玉ヶ池にある藤沢監物の塾へとやって来た。所在はすぐにわかった。この辺りでは有名らしく、横丁のどんつきにある一軒家だった。生垣に囲まれた三百坪ほどの屋敷は、どこかの商人から提供されているようだ。

木戸から中に入ると、畑があり、近在の百姓と思《おぼ》しき男たちが耕していた。すると、

「寺坂さま」

と、背後から声をかけられた。

振り返ると民部の生まじめな顔があった。今日は非番と見え、小袖を着流しただけで、羽織を重ねていないし、腰にも十手を差していなかった。繁蔵の姿もない。

「おまえも、藤沢監物のことが気になったのか」

「寺坂さまもですか」

「どんな面をしているのだろうな、ちと、拝みたくなった」

寅之助が言うと民部もうなずく。

二人は木戸門を潜り母屋へと向かった。母屋に近づくと話し声が聞こえてきた。なにやら、活発な議論が繰り広げられている。民部が格子戸を開ける。すぐに若い男が応対に現れた。

「拙者、南町同心青山民部と申します。こちらは……」

民部は自己紹介と、寅之助のことも相手に伝えた。寅之助が、

「藤沢先生のご高名を聞き及び、是非とも講義を聴きたいと思いやってまいった。よろしいかな」

「先生は広く門戸を開いておられます」

門人に導かれ、二人は玄関を上がった。

廊下を進み、庭に面した広い座敷に通された。大勢の門人たちが膝を詰め、ひしめいていた。上座には腕組みをした中年の男が座している。あれが、藤沢監物であろう。

髪を総髪に伸ばし、黒の十徳はいかにも学者然としている。日に焼けた顔立ちは精悍《せいかん》で、武芸にも精通していることを物語っていた。

「早急に治安組織を始動させる必要がある」

最前列で立ち上がったのは、緒川正二郎である。それに対し、別の男が反論する。その男も侍のようだ。

見覚えがある。大番の一人である。確か名前は滑川吉之助《なめかわきちのすけ》……。大番も通っているとは、藤沢監物の高名ぶりがわかる。

「しかし、早急といっても、西洋式の鉄砲など持ったこともない連中もおろう。まずは、鍛錬が大事なのではないか」

「おおせごもっともなれど、まずは、指導に当たるは我ら。我らさえしっかりしておれば、鍛錬は組織が出来上がってからでよいと存ずる」

正二郎は力強く言った。

滑川は正二郎の勢いに引き下がった。正二郎は得意げに藤沢を見た。藤沢は穏やかな表情で聞いていたが、門人たちを見回すと口を開いた。

「このたび、わが提案が御公儀にて採用されました」

口調といい言葉遣いといい、極めて丁寧で、少しも威張ったところがない。

この一言に、門人たちは沸き立った。ふと見ると女が一人いる。民部はその女に視線が釘付けになった。

「大江戸守護職が設置され、その守護職の元に大江戸警護組と海防組、それに、探索組が置かれます。まずは、先駆けて大江戸警護組を発足させます。組頭の下に十の隊を作ります。隊長を任せる者は塾生から選抜します。隊員たちは、公募するつもりです」

門人たちの目が輝く。

「まずは、大江戸警護組を統括する組頭ですが、既に決めてあります」

藤沢は一同を見回した。

見回しながら正二郎で視線を止めた。

「組頭は緒川正二郎殿にお任せします」

正二郎は頰《ほお》を紅潮させ、

「謹《つつし》んで大役、お引き受けいたします」

塾生の間から祝福の言葉が上がる。正二郎はみなの祝福に礼を言ってから藤沢に向き直った。

「大江戸守護職には、先生がお就きになられるのですか」

「いいえ」

藤沢は静かに首を横に振る。

「では……」

「わたくしは、顧問をお引き受けします。決して、出世、栄達のために提言をしたのではありません」

「では、どなたさまが守護職にお就きになられるのですか」

正二郎が問いかけたところで、藤沢の視線が寅之助に向けられた。門人たちも

藤沢の視線を追う。正二郎が、

「これは、寺坂寅之助殿ではないか。そうか、拙者の言葉に興味を持たれたのだな」

と、言ってから門人たちに、

「寺坂殿は天下無双の勇者。鐺を持たせれば敵う者なしというお方だ」

門人たちがざわめいた。

「寺坂殿、今、聞かれたように、いよいよ、藤沢先生が提言なさった新組織、大江戸守護職が動き出す。昨日の続きを話しましょうか」

「江戸の治安ということでござるか」

寅之助は応じるようにして立った。みなの視線を集めながら胸を張る。

「今後、凶悪なる敵が江戸に現れる。従来の火盗改や町奉行所では手に負えない敵じゃ。西洋の武器を手にして暴れ回る。そのような敵に、寺坂殿はいかに立ち向かわれるか」

「決まっておろう、鐺だ」

寅之助は言った。

「鐺とな」

正二郎が小馬鹿にしたように薄笑いを浮かべる。門人たちの間からも失笑が洩れた。

「鑓で鉄砲に勝てるかな。大砲に立ち向かえるものか」

正二郎は挑発する。

「ならば、いかにするのだ」

「我ら、西洋式の装備をする。鑓や刀は無用の長物」

「聞き捨てにはできぬな」

「事実を申しておる」

「ならば、武士も無用と申すか」

寅之助の問いかけは、正二郎はおろか、藤沢塾の塾生たちも否定するものだ。

「無用と申したいが、極力人数を減らす。足軽や小者でも鉄砲を操ることができる。武士はそれらの者どもを束ねるために存在する」

正二郎はそうした組、すなわち、大江戸警護組によって江戸は守られると言った。ここで民部が我慢できないとばかりに腰を上げた。

「では、町奉行所はどうなるのです。同心はどうなるのですか」

正二郎は民部に視線を預け、

「そなた、八丁堀同心か」

「南町の青山民部と申します」

すると、門人たちの中に混じって受講していた志乃が民部に気づき、おやっという顔になった。

「八丁堀同心は、町民の暮らしぶりをみてやればよい。賊徒退治は我ら警護組が行う」

「我ら八丁堀同心には、任せられないと申されるか」

民部の声が上ずった。

「十手で鉄砲、大砲に勝てまい」

正二郎の言葉に塾生たちが嘲笑《ちょうしょう》を放つ。民部は屈辱《くつじょく》にまみれ、口をへの字にした。すると、志乃が立ち上がった。

「わたくしは、八丁堀同心御手洗の娘でございます。わたくしは、八丁堀同心の家に生まれ育ち、十手を預かる者の責任と役目の大事さを、身をもって知っております。八丁堀同心は江戸の町人を守るためなら、そして江戸の町を守るためなら、命を惜しむものではございません。西洋諸国に、たとえ装備は劣りましょうとも、決して負けるものではございません」

気丈な志乃らしい力強い物言いであった。

「八丁堀同心の娘だけあって、よきことを申す。しかるに、昨今の町奉行所の体《てい》たらくはどうなのであろうな」

正二郎は民部に向いた。民部は拳を握り締めた。

「大塩天狗のこと、もちろん、存じておろう」

「はい」

民部の額から汗が滴り落ちた。

「大塩天狗、野放しとなっておるな」

「決して、野放しになどしておりません」

民部はむきになった。

「では、捕らえたのか」

「いいえ」

「手がかりは摑んでおるのか」

「それも……」

民部の声が小さくなってゆく。

「では、何もしておらぬのと同じではないか」

正二郎の言葉に、

「そうだ」

「異議なし」

「同じく」

という賛同の声が飛び交う。

民部はたじろぎそうになったが、

「必ず、捕らえてみせます」

必死で声を振り絞った。

「事を成さぬ前にそのような大言を申すものではない。大塩天狗という賊徒が跋《ばっ》扈《こ》しておることを知りながら、捕縛できていないということは、知っていて行わないに等しきこと。すなわり、知行合一にあらず」

正二郎はここぞとばかりに言い放った。

「知行合一……」

寅之助はその言葉を繰り返す。

「陽明学ですか」

民部が言う。

「いかにも」

正二郎はうなずいた。

「知行合一にあらずば、世の中を改めることはできんぞ」

正二郎は、舌鋒《ぜっぽう》鋭くなった。

「わたしは、世を改めたいとは思いません。八丁堀同心としての職務を全《まっと》うするだけです」

民部は言った。

五

「ならば、大塩天狗、捕らえてみよ。捕らえてからえらそうなことを申すのだな」

正二郎の顔に冷笑が浮かんだ。

「やってみせます。必ずや捕縛してみせます」

売り言葉に買い言葉、勢いで言ってしまった。事実は大塩天狗探索というか、米問屋警護の任から外されているのだ。しかし、正二郎に約束してしまった以上、しかも志乃の前で宣言してしまった以上、このままでは引っ込みがつかない。

「その言葉、よもや翻すことはあるまいな」

「武士に二言はなし」

民部は言った。

ここで藤沢が、

「活発な議論が行われるのは素晴らしいことです。また、学ぶことも尊いものです。ですが、それは生かされなければなりません。生かされない学問と知識は、ないのも同じなのです。常に世のために役立つことを、我らは学ばねばならないのです」

と、静かに言った。

言葉遣いは極めて丁寧。まるで、僧侶の法話のように耳に染みこんでくる。出世、栄達のためではないと言っていた藤沢の言葉が、決して嘘ではない気にすらなってしまう。

寅之助が立ち上がった。

「藤沢先生に尋ねたい」

藤沢は穏やかな顔を返す。

「新組織は藤沢先生が主導なされるのか」

すかさず藤沢が、

「主導するのはわたくしではありません。御公儀の大江戸守護職に就任なされるお方と、緒川殿をはじめとする方々。わたくしは、求めに応じて愚見を申すまでてございます」

「知行合一ではございませんな」

「さにあらず。わたくしは学者。実行する方々に知識を提供し、指導することが行ということでございます」

藤沢に微塵《みじん》のぶれもない。

「ならば、改めて問います。大江戸守護職が置かれ、大江戸警護組、海防組、探索組が増設されましたなら、従来ある大番や徒組はいかになるのでしょうかな」

寅之助は藤沢を見据えた。

「それは、大番や徒組も新たな時代に沿うようにせねば、生き残れぬでありましょうが、まずは、無理でしょう。従いまして、自《おの》ずと朽《く》ち果てる。穀潰《ごく》しとなりましょう」

藤沢は穏やかな表情で、実にきついことを平気で言い切った。

「無用の長物か」

寅之助は苦笑を漏らした。

「知行合一以前に、学ぶ姿勢もない方々はそれだけで失格。また、武芸に特別に優れておられるとも思えませぬ」

「それはどういうことでござる」

寅之助はいきり立ちそうになる自分を、必死で宥《なだ》めた。

「聞くところによりますと、大番でも、腕利きと目される方々が、素性の知れない者どもの手にかかったとか」

大番の秘事を、藤沢はさらりと言ってのけた。

「どうしてそれを……」

寅之助は思わず問い返した。

「先ほども申しました。わたくしは大江戸守護職の下に探索組を置くと」

「では、既に探索の者が動いておるということでござるか」

「さて、具体的には申せませぬ。しかし、天下の大番が、何人も殺されたということは、どう隠し立てをしようが、世間には広まるものです。決して隠しおおせるものではございませぬ」

藤沢の言葉は淡々としているだけに、寅之助の心臓を抉る鋭さがあった。

「そのような大番に、将軍家の警護などできましょうかな」

「将軍家警護も大江戸守護職が行うと……」

「さて、それは、幕閣の方々に大江戸守護職の実力のほどを、お見せしてからでございます」

藤沢は謙虚さを見せたが、目は爛々《らんらん》と輝き、まさしく自信がみなぎっていた。藤沢監物という学者が、幕府に影響を及ぼしている。このような事態を招いたのは、泰平に慣れ、武士としての戦闘意欲を失ってしまった自分たち幕臣にあるのだ。そのことがわかるだけに、寅之助は言葉に詰まってしまった。

ここで正二郎が、

「寺坂殿、いっそのこと、大江戸警護組に加わってはいかがか。幸い、今は大番を離れ、非役の身ではござらぬか」

「それはできぬ」

寅之助は即答した。

「申しておきますが、これから、募集を致します」

藤沢は大江戸警護組に加わりたい者を募集すると繰り返した。面接は藤沢が行うということだ。

「旗本の次男、三男などが希望してまいりましょうな」

藤沢の見通しは的を射ているのかもしれない。旗本の次男、三男などの部屋住みは、養子の口を探すしか、身を立てる術《すべ》はない。それが、新たな役目を担うことができるとあれば、意欲を持って応募してくるのではないか。藤沢という男、中々の策士である。

「勿体《もったい》ない。寺坂殿ほどの剛の者が埋もれていいものか」

正二郎が言う。

「なんの、鑓働きしかできぬ無用の長物でござるぞ」

皮肉を返してやることが、せめてもの抵抗だとは情けない。

「今のままでは、寺坂殿は無用の長物。しかし、藤沢先生に学ばれ、大江戸警護組に加われば、大いなる戦力となるであろう」

正二郎に説得されても、面映《おもはゆ》いだけだ。

「どうじゃ、寺坂殿」

正二郎は迫ってきた。

「断る」

寅之助は言うと、立ち去ろうとした。すると、そこへ玄関で応対してくれた門人が駆け込んで来た。藤沢宛の文《ふみ》が届いたそうだ。藤沢がさっと目を通す。それからおもむろに、

「方々、大江戸警護組の真価を示す時がまいりましたぞ」

「先生、いかなる役目にございますか」

正二郎は気持ちを高ぶらせている。寅之助は帰ろうとしたが、ついつい気にかかって思い留まった。

「モリソン号です」

「おお、モリソン号」

正二郎が言うと門人たちもいきり立つ。

「モリソン号に、海賊が乗り込んでいたそうです。その海賊ども、西洋式の鉄砲や大砲を持ち、密《ひそ》かに上陸。江戸に潜入したとのことです」

藤沢は沈着冷静であったが、わずかに声が震えている。それだけの大事ということだ。寅之助はモリソン号というのがどういう船なのかもわからない。異国の船だとは思うし、洋式の装備を施《ほどこ》した海賊たちが江戸に潜入したとなると、大変

なことになるのはわかる。藤沢が大江戸警護組の真価を発揮できるというのもうなずけることだ。

「やろうぞ」

正二郎はいやが上にもいきり立った。

「まずは、海賊どもの居場所をつきとめねば」

門人の一人の言葉に正二郎は水を差され軽く舌打ちした。門人たちも黙り込む。

それを見た藤沢が、

「居場所はすぐにもつかめましょう」

その確信に満ちた物言いは、一同の不安を払拭した。

門人たちが熱狂する中、寅之助と民部は座敷から出た。

「やれやれですね」

民部は肩をすくめた。

「危ういな」

寅之助は呟いた。

「凄い熱狂ぶりでしたね」

民部は言った。

「あの藤沢監物という男、いかにも危険な男だ。緒川正二郎をはじめ、門人たちはすっかり洗脳されておる」

「そのように、わたしにも見受けられました。気にかかるのは、大江戸守護職という役職です。今の御公儀にはない御役目、藤沢が就くのではないということでしたが、一体どなたがお就きになるのでしょう」

民部は目をしばたたいた。

「そのお方こそが、藤沢監物の後ろ盾ということだろう」

飯塚に聞けばわかるであろうか。

「きっと、大物でしょうね。若年寄、老中かもしれません」

「だとすれば、藤沢監物の影響は幕閣にも及ぶかもしれぬな」

「藤沢監物が幕政を牛耳《ぎゅうじ》ることになるのですか」

民部の目が大きく見開かれた。

「そうかもしれぬ」

「とすれば、世の中どうなるのでしょう。いい方向に向かうのでしょうか」

「おれが政に疎いことは、おまえだって知っておろう」

言いながらも、それではいやでも、政の渦《うず》に飲み込まれてしまうだけだという危惧の念にも囚《とら》われた。

「やはり、まがいものでしょうか」

「おれは怪しいと思う。大体、世の中、聞こえのいいことを言う奴は、信用できぬものだ」

理屈ではない感覚だ。

だが、その感覚を大事にしたい。武芸者としての勘を。

六

「よし、道場で一汗流すか」

寅之助が言うと、

「先に行っていらしてください」

民部は遠慮がちに言った。

「どうした」

と、聞いてから寅之助ははたと気づいた。

「さては、先ほどの娘だな」

寅之助が言った。

「何故でございますか」

民部の顔が赤らんだ。

わかりやすい男だと思いながら、

「八丁堀同心の娘だと申しておったが、あの娘に惚《ほ》れておるのだろう」

「惚れてなどおりません」

民部は口を尖らせた。

「それ見ろ、図星だ」

「違います。わたしは志乃殿に藤沢のことを聞き、それに興味を抱いたのです。あくまで、藤沢塾に来たかったのです」

「そうむきになるな。どっちでもいいさ。わかった。なら、先に行っている。なんなら、稽古には来なくてもいいぞ」

「そういうわけにはまいりません。志乃殿には礼を申すだけです。礼を申しましたら、すぐに瀬尾道場に行きます」

民部がむきになればなるほど、寅之助には愉快でならなかった。藤沢塾で抱いた不穏な思いが幾分か緩まった。

寅之助は瀬尾道場で汗を流した。

今日は瀬尾誠一郎がいるため、門人への指導は、瀬尾に任せて思うさま木刀を振るった。藤沢のしたり顔、正二郎の暑苦しい顔と嘲笑が脳裏に浮かんでひたすらに汗を流したくなった。それは門人たちにも十分すぎるくらいに伝わったようで、遠巻きにして誰も近づこうとはしない。

怒りの形相で木刀を振るい、汗を流したことで幾分か気分がすっきりとした。見計らったように瀬尾がやって来た。

「今日は、一段と気合いが入っておられますな」

瀬尾はにこやかに語りかけてきた。

「先生は、海防、そして江戸の治安についてお考えがございますか」

我ながら唐突でぶしつけな問いかけだとは思ったが、瀬尾らしく誠実に答えてくれた。

「寺坂殿は西洋諸国の脅威を憂えておられるのですか」

「政に背を向けてきたわたしが、そんなことを申してはおかしいですか」

「いいえ、武士たる者、常に戦う気構えがなくてはならないと存じます」

「先生は、剣は今後も生かせると思われますか。つまり、西洋の強力な飛び道具に対して、武芸は役立つのでしょうか」

それは真摯《しんし》な思いでもあった。瀬尾は静かにうなずく。

「そのことは、わたしも思い悩み、考えてまいったことです。古来より受け継いでまいった武芸のままでよいのか。旧態依然としたままでよいのか」

瀬尾のことだ。決していい加減ではなく、突き詰めて思案を繰り返したに違いない。

寅之助は静かに瀬尾の言葉の続きを待った。

「わたしは、いついかなる時代となろうとも、この世に武士というものがある限り、武士道はあると思います。武芸において、技や技術の伝承ということも大切ですが、それよりも大切なことは、武士としての魂《たましい》を受け継ぐことなのです。この魂の継承があれば、すなわち、恐れることはありません」

瀬尾は言った。

武士の存在価値を思い知らされる。

「武士とは、私《わたくし》を捨てることができる者です。戦いのために無になること、なれること、それこそが武士です。それは、西洋の者たちにはないことでしょう」

「いかにも」

寅之助は自分の存在意義を見出すことができたような気がした。

民部は志乃が出て来るのを待った。

待つことしばし、志乃が出て来た。民部に気づくと引き攣った笑顔を向けてきた。

「先ほどは、みっともないところをお見せしてしまいました」

「みっともないのはわたしです。わたしは、つい力んでしまって、藤沢塾の方々に乗せられてとんだ暴走をしてしまいました」

「あら、あれは暴走でしたの」

志乃の目が失望に彩られる。

――しまった――

余計なことを言ってしまった。

「いえ、決して勢いで言ったのではありません」

「では、本気で大塩天狗を捕縛されるのですね」

「はい」

力強く首肯した。

「南町の八丁堀同心の名誉にかけて大塩天狗をお縄にしてください」

志乃に言われるとうなずくしかない。

「こんなことを申しましては失礼とは存じますが、わたくし、青山さまを見直しました」

「わたしをですか」

「青山さまがあのような闘志をお持ちだったとは、意外でございました。日頃の温厚さは、真の強さを包み隠しておいでだったのですね。本当はとっても熱いお方であることがわかりました」

「志乃殿は、藤沢塾のみなさんとも、対等に議論なさっておられるのですか」

「そんなことありません。藤沢先生の講義についてゆくだけで、それはもう、必死で、とても議論に加わることなどできておりません」

志乃は伏し目がちになった。

「でも、今日は堂々としておられた。わたしは、志乃殿があのように果敢に論戦に挑まれましたので、闘志に火がついたのです。志乃殿が八丁堀同心の誇りを守ってくれました」

「わたくしこそ、青山さまを侮《あなど》り、これまでの非礼をお詫び申し上げます」

志乃は改めて腰を折った。

何だか、うれしくてならない。

「では、くれぐれも大塩天狗の捕縛、よろしくお願い申し上げます」

志乃はそれだけ、しっかりと言い残してから踵《きびす》を返した。

「あの……」

冷たい麦湯でも飲みませんかという言葉が、口から出てこない。まごまごとしているうちに志乃は足早に立ち去ってしまった。

いつまでも民部は名残《なごり》おしげに志乃の背中を目で追った。

その頃、藤沢塾では正二郎が一人残っていた。

「先生、いよいよ、でございますな」

「あなたなら、きっと役目を果たしてくれるのでしょう」

藤沢は気を高ぶらせている正二郎とは対照的に、至って冷静である。

「お任せください。大江戸警護組にとって初めての役目なのですから。間違いない船出のためにしっかりとした舵《かじ》取りをしてみせます」

正二郎も表情を落ち着けた。

「ともかく、モリソン号です」

藤沢は言った。

「ところで、寺坂寅之助という男、先生はいかに思われますか」

「典型的な猪《いのしし》武者のようでいて、どうもそれだけではない気がしますね」

「わたしは、あの男の武勇は得がたいと思います。いくら、西洋式の武器を持たせても、へっぽこな侍ばかりでは話になりません。あいつに、鍛えてもらえばよいかと」

「あなたがそう思うのなら、わたくしは拒《こば》みません」

藤沢は微笑んだ。

「では、先生のご了解が得られたということで、寺坂を大江戸警護組に加えたいと存じます」

「いいでしょう。しかし、あの男が、我らに加わるでしょうか」

「加わります。あいつは、時代遅れの戦国武者。戦がしたくて仕方がないのです。常に戦いを求めております。ならば、その戦いの機会を与えてやれば、必ずや我らに味方するものでしょう」

「好きにおやりなさい」

「わかりました。寺坂は大番といっても、追い出された身でございます。おそらく大番に嫌気が差しておりましょう」

正二郎は言った。

「大番、いかにも旧態依然としておりますね。いつか滅ぶものと思いますが、こちらで仕置きをしてやるのもいいでしょう。いかに、自分たちが無駄な存在なのか。また、御公儀には、いかに無駄飯を食べさせてきたのかということを思い知らせてやります」

藤沢の目が凝らされた。

「はい」

正二郎もうなずく。

「それには、モリソン号の海賊はまたとない好機。これを最大限に利用します」

「どのような手立てを」

「それは任せておきなさい」

藤沢はにんまりとした。

第三章　モリソン号

一

明くる九日の朝、寅之助はまたしても飯塚宗十郎の訪問を受けた。千代は飯塚の来訪のたびに、寅之助の大番復帰が進展したものという期待に胸を膨らませている。今日の飯塚はそれに応えるように、

「今日はよき報せじゃ」

と、言ったものだから、

「どのような」

千代の声が喜びに打ち震えた。

「寅之助に格好の役目を持ってまいった。この役目、見事果たせば、わしの構想

する新たな大番と、寅之助の大番復帰が叶うことは必定じゃ」

飯塚は千代を喜ばせる言葉を並べ、これからは役目のことを話すゆえ二人きりにして欲しい、と千代を遠ざけた。千代に異存があるはずはなく、寅之助もその方がありがたい。

居間で向かい合ったところで、

「モリソン号を知っておるな」

と、飯塚が切り出した。

モリソン号……。そうだ、昨日藤沢監物が言っていた。何でも、モリソン号に乗っていた海賊が、西洋式の鉄砲やら大砲やらを持って上陸し、江戸に潜入したということだ。

「むろん、存じております」

胸を張って答えた。

「どんな船じゃ」

飯塚は寅之助を試しているようだ。

「海賊船です」

自信満々に返したが、案に相違して飯塚は渋面を作った。

「海賊船などではない。浦賀に来航した船で、漂流民を帰しに来たという噂がある」

「ああ、そうでしたな。浦賀にやって来たという船でした」

取り繕《つくろ》ったものの、飯塚は寅之助の無知を見透かすかのように、小さくため息を吐くと、

「では、問う。モリソン号、何処の国の船じゃ」

「それは……。エゲレスでございます」

「エゲレスだと評判だが、実はメリケンの船らしい」

「メリケン……」

聞いたことはある。

「何処かわかるか」

やおら、飯塚は懐中から小さく折畳んだ絵図を取り出した。それを畳に広げ、皺《しわ》を指で丁寧に伸ばした。世界中の国々が描かれている。

「メリケンですか」

寅之助は絵図を覗き込んだ。

「まず、日本は何処じゃ」

飯塚は問いかけてきた。

寅之助は迷うことなく、絵図の端に描かれた島を指差した。飯塚は無言でうなずくと、

「清《しん》国は何処じゃ」

問われるままに指差す。

続いて、朝鮮《ちょうせん》、天竺《てんじく》と聞かれ正解すると、ようやくのことで、飯塚の表情が柔らかになった。

「エゲレスはわかるか」

寅之助は迷いながらも、日本とは正反対の位置に描かれた島を指差した。

「いかにも、ここじゃ。日本よりも小さな島でありながら、世界の果てからやって来て、世界中に領地を広げておる」

飯塚は訳知り顔で言う。

続いて、

「オロシャは何処じゃ」

寅之助は、ひときわ大きな大陸の範囲を指でなぞった。

「まこと、広大なる国ですな」

「このような強大なる国の船が、日本の海を侵しておるのじゃ。して、メリケンは何処ぞ」

「えぇっと」

見当がつかない。

するど飯塚は得意げに、

「ここじゃ」

と、イギリスと大海を隔て、南北を貫くようにして横たわる、大陸の真ん中辺りを指でなぞった。

「メリケンも広うござるな」

「メリケンは、元々はエゲレスの領地であったのだ。それが、今から六十年ほど前のことだ。その頃は、メリケンの領地はこれくらいであった」

飯塚はメリケンの右端を指でなぞる。

イギリスの領地であったが独立をして、このような大きな国になったのだ。

「六十年前ということは、安永《あんえい》の頃ですな」

「十代家治《いえはる》公の御世であった頃じゃな。わずか六十年でこのように大きな領地を得たのだ」

「やはり、海賊が多いのですか」

「違う」

飯塚は右手を振った。

飯塚らしい、いかにも付け焼刃的な耳学問で、大急ぎで西洋に対する知識を詰め込んできたのだろう。藤沢監物への対抗意識が向学心を呼び起こしたに違いない。得た知識は人に聞かせたい。まさしく、寅之助は格好の相手である。

「メリケン国は、西洋の武器を持ってこの大陸を征服していったのだ」

「西洋の武器、恐るべしですな」

「そういうことじゃ。そして、それを示す事件が起きた」

浦賀に停泊していたモリソン号、本来は日本の漂流民を帰しに来たのだが、その漂流民の中に漁師と偽る海賊がいた。海賊たちはモリソン号に積んであった鉄砲を盗んで密かに下船し、江戸へとやって来たのだという。

そういうことだったのか。

藤沢たちは、この海賊を成敗する、と息巻いていたのだ。西洋式の鉄砲を武器とする賊徒を討伐すれば、大江戸警護組はいやが上にも評価が高まるだろう。

「恐るべき賊、まさしく、町奉行所の手には負えない賊ですな」

寅之助は指で顎鬚を引っ張った。

「それだけではない」

飯塚は思わせぶりだ。

「どうしたのですか」

話に乗ってやらないことには、飯塚の機嫌を損ずる。

「モリソン号に関して、驚くべき噂がある」

飯塚は勿体をつけるようにして言葉を止めた。寅之助は半身を乗り出す。

「大塩平八郎じゃ」

思いもかけないところで、大塩平八郎の名前が出てきた。さすがに驚きを禁じ得ない。

「大塩平八郎がモリソン号に乗っておるという噂じゃ」

「そんな馬鹿な。大塩平八郎は大坂で自害したのでございましょう」

一笑に付したところ、

「そうじゃ」

飯塚も大塩が生きておる、ましてや、モリソン号に乗っていることなどあり得ないといった。

「ならば、どうしてそんな根も葉もない噂話が、語られておるのですか」

「満更、根も葉もないことではない。いくら、荒唐無稽《こうとうむけい》な噂話でも、火のない所に煙は立たぬ。確かに大塩は自害したがな、首級が上がったわけではないのだ。首級がないということは、大塩の死が確かめられたわけではない。実は、大塩が死んだ直後から、大塩は生きている、大塩は逃亡したという噂が流れた」

噂というものには尾ひれがつく。

大塩生存についての噂も、雪だるまのように大きくなり、その挙句がモリソン号に乗っているということにまで飛躍したのだ。

「すなわち、モリソン号から逃亡した海賊を指揮するのは、大塩平八郎である、と、読売などは書き立てておる」

「笑止な」

まさしくお笑い沙汰《ざた》としか思えない。

「笑いごとでは収まらんぞ。というのはほれ、大塩天狗のことよ」

飯塚は言った。

「大塩天狗、まさか、大塩平八郎は大塩天狗と結託して、江戸を騒がせるということですか」

「口さがない野次馬どもが騒ぎおるが、それを放置しておくことはできぬ」

「それにつきまして」

寅之助は昨日の藤沢塾での見聞内容を言った。

「このままですと、藤沢が提唱する大江戸警護組が、モリソン号の海賊を退治してしまいます。藤沢は海賊どもの居場所はすぐにも見つかると申しておりました。口ぶりからしてあながちはったりなどではなく、既に隠れ家を探り出したのかもしれませぬ」

「う〜む」

飯塚は苦い顔をした。

「ところで、藤沢監物という男、そもそも、何者でございますか」

そんな基本的な情報も知らないことに気づいた。飯塚は不快がることもなく教えてくれた。

それによると、藤沢は京の公家中務《なかつかさ》小路《こうじ》中納言の次男であったという。幼い頃より英才の誉れ高く、学問の道を進んだ。その学問の領域は幅広く、大学や中庸《ちゅうよう》、論語、孟子《もうし》といった儒学の四書、更には国学を学び、長崎では蘭学を修得した。

「そして、昨年には大塩平八郎が主宰していた洗心洞《せんしんどう》で陽明学を学んだそうだ」

「大塩と知己だったのですか」

いささか驚きである。

「本人も、そのことは隠しておらぬ」

「では、大塩の乱には加わっていなかったのですか。たとえ、加わらなくとも、関係したのでは……」

「大塩が乱を企てる十日前に、洗心洞を離れ、大坂を出たそうだ」

「あの塾は、商人から提供されたということですが」

「米問屋組合の肝煎《きもい》りをしている越前屋兵右衛門《えちぜんやひょうえもん》が提供しておるということだな」

「米問屋組合……。大塩天狗が天罰を与えておる者たちですな。何か関わりがあるのでしょうか」

「あるかもしれぬ、ないかもしれぬ」

飯塚も判断できないようだ。

二

正直、何かありそうだと勘繰ってしまう。

「藤沢監物のことを、大塩天狗は大塩平八郎を裏切ったと思っておるのではございませぬか」

「そう決め付けていいものかどうかはわからんが、可能性はあるな」

飯塚はもって回った言い方をしたが、要するに判断がつかないのだろう。

「それと、藤沢は大江戸守護職なる役職を作り、その下に大江戸警護組、海防組、探索組を置くとか。大江戸守護職に就くお方はどなたですか」

飯塚なら耳にしているだろうと見当をつけていると果たして、

「若年寄松根《まつね》壱岐守《いきのかみ》さまじゃ」

飯塚は即答した。

松根壱岐守貞道《さだみち》、譜代下野《しもつけ》鹿沼《かぬま》藩三万石の藩主で、開明派として知られている。

「藤沢は松根さまとは懇意、松根さまの侍講《じこう》であるそうじゃ」

藤沢は松根を後ろ盾として勢力を伸ばしているのだろう。

「松根さまは、幕閣で力をお持ちなのですか」

「このところ、急速に力をつけてこられたと評判じゃ。大塩平八郎の乱が起きてからな」

「大塩の乱鎮圧に功があったのですか」

「いや、ところが、取り立てての功はないのだ」

「功がないのに、力をお持ちになったのですか。藤沢の大江戸守護職構想、実現させるのは、よほどの力がないとできぬと思います。御老中水野越前守さまなどは、舅殿の建言を入れ、大番を編成し直すというお考えでありましょう。松根さまや藤沢が考える大江戸守護職構想とは相容れぬものと存じます」

「水野さまの反対を押し切ってのことらしい」

「老中の反対を押し切ることができるとは、松根さま、よほどお力をつけておいでてでございますな」

「その辺のところは、とかく、江戸城内でも様々に噂されておる。いずれにしても確かな証《あかし》はないが、総じてみると、大塩平八郎が絡んでおるらしい。醜聞沙汰かもしれぬがな。ま、その辺りのことはわしに任せておけ。しかと、確かめてまいる」

江戸城内の噂話、醜聞を集めることに関しては、飯塚の右に出るものはいない。

「いずれにしても、このままでは幕政は松根さまと藤沢が牛耳ることになるかもしれませんな」

するとと飯塚はにんまりとして、

「おまえも政に関心を持つようになったのか」

「似合いませぬか」

「まあいい。むしろ、そうすべきだ。まったく、かつての間部詮房《まなべあきふさ》と新井白石《あらいはくせき》のようになるかもしれぬぞ。松根さまと藤沢監物は」

飯塚がやれやれとため息を吐いた。

間部詮房と新井白石は、六代将軍家宣《いえのぶ》と七代将軍家継《いえつぐ》の御世で側用人、侍講として政を担った。今まさしく、松根と藤沢が二人のようになろうとしている。

「ここらで、大番ここにありと示せばよいのでございましょう」

「そういうことだ。水野さまも、おぬしに期待しておる」

飯塚は言った。

「わかりました」

「頼むぞ。なに、モリソン号の海賊の行方《ゆくえ》がわかったら、報せる」

「舅殿にわかるのですか」

「わしをみくびるな。この耳をな」

飯塚は自らの耳を引っ張った。

「これは失礼しました」

「ではな」

立ち上がったところで千代が入って来た。

「よきお知らせとは、どのようなものでございますか」

期待の籠った目で二人を見る。

「寅之助が、近々、大手柄を立てるのですよ」

飯塚らしい先走りであるが、否定するわけにもいかない。

「まあ、それは頼もしい」

「伊達《だて》に鑓の使い手ではありませんな」

「飯塚さま、どうかよろしくお願いします」

千代に深々と頭を下げられ、さすがに気が差したのか、

「ではな」

飯塚はそそくさと立ち去った。

しばらくしてから、

「御免」

という野太い声がした。

千代が応対に出ようとしたが、

「龍太郎ですよ」

寅之助は千代を制して玄関に向かった。

玄関には五十嵐龍太郎が立っていた。大番にいた頃は龍虎と並び称された好敵手である。

「おお、まあ、上がれ」

寅之助は龍太郎を招き入れ、居間へと戻った。千代は茶を淹《い》れると気を利かせて出て行った。

「大塩海賊のこと知っておろう」

龍太郎が言った。

モリソン号から逃亡した海賊は、大塩平八郎が指揮しているという噂が先行し、今では大塩海賊と称されているそうだ。

「モリソン号に大塩平八郎が乗っていたとは、いかにも格好の読売ネタだな」

「物見高い連中が多いからのう、江戸には」

龍太郎も応じる。

「大塩天狗に大塩海賊、まさしく、世は大塩平八郎一色だ。浄瑠璃《じょうるり》や芝居にでもしたら大当たりになるのではないか」

寅之助は内心では、藤沢監物も大塩平八郎絡みだと思っている。

「大塩天狗は町奉行所が追っている。町方に任せておけばいいだろう。それでだ。我らは一つ大塩海賊を退治してやろうじゃないか」

龍太郎は武者震いをした。

「どうした」

寅之助の問いかけに、

「おまえは大番を離れたから関係ないと思っておるだろうが、藤沢監物という学者の尻押しで、若年寄松根壱岐守さまが大江戸守護職なる役職にお就きになる。そして、大江戸守護職の下には……」

「大江戸警護組だろう」

寅之助が言うと、

「なんだ、知っておったのか。寺坂寅之助、大番を離れ、多少は苦労したということか」

「苦労などではないがな。世情には通じるようになった。大江戸警護組が大塩海賊を退治しようとしておることも、ちゃんと耳にしておる」

「そこまで知っておるのなら、隠すこともないな。今、我ら大番はとかく風当りが強くなっている」

龍太郎は三人の大番が得体の知れない連中に殺された一件を語り、大番の評判を落としたことを嘆いた。

「その上、大江戸警護組の誕生だ。大番不要論が城中で語られるようになった。このままでは、大番は穀潰し扱いを受け、それこそ、廃止されるやもしれぬ。将軍家直属の軍団が廃止されるなど、御公儀開闢《かいびゃく》以来、あってはならぬこと。神君家康公への申し訳も立たぬ」

龍太郎は話しているうちに激してきた。眉間《みけん》の皺が寄り、険しさが顔に出て、まるで真剣勝負に挑んでいるかのようだ。

「で、大塩海賊を退治し、大番ここにありということを示したいのだな」

「そういうことだ」

「ならば、大番で仲間を募ればよかろう」

寅之助は突き放した言い方をした。

「それがのう」

龍太郎は苦い顔になった。

「どうした」

「三人の腕利きが殺されただろう」

「あれは、大塩海賊の仕業ではなかろう」

実際、連中とまみえてみて、怪しげだが大塩平八郎と関係しているとは思えないし、モリソン号との繋がりもない。武器は薙刀、青龍刀、手車といったもので、西洋式の鉄砲でも大砲でもない。それに、連中と遭遇したのは、モリソン号が浦賀沖にやって来る前のことである。

「違うとは思うのだがな、みな怖気づいてしまっておる」

龍太郎は首を横に振って嘆いた。

「情けないのう。しかし、三人に負けぬ腕を持った者たちもおろう」

「そうなのだがな、敵に恐れをなすというよりは、みな、松根壱岐守さまの顔色を窺っておるのだ。大江戸警護組が大塩海賊を退治すると宣言しておるから、自分たちがしゃしゃり出ることを遠慮しておるということだ」

「まったく、世渡りにばっかり頭を向けるとは、いっそのこと大番は廃止した方がいいのではないか」

そんな思いに駆られてしまった。龍太郎は苦笑を返し、

「情けないが、ここは一つ手を貸してくれ。なに、おれ一人で退治に行けばいいのだろうが、相手は西洋式の鉄砲で装備をしておる凶悪な海賊、まさか、大塩平八郎がおるとは思わぬが、得体の知れない連中とあって、猪突猛進《ちょとつもうしん》は避けたいのだ」

「お主の頼みとあらば、断ることはできぬな」

寅之助がうなずくと、

「それに、飯塚殿が大番を編成し直そうと、奔走《ほんそう》しておられるであろう。お主を大番に復帰させるつもりだ。まさか、知らぬとは言わせぬぞ」

「まあな」

寅之助は顎鬚を引っ張った。

「大塩海賊退治はおまえにとって、大番復帰の格好の手土産《てみやげ》となろう。よいか、共に手柄を立てようぞ」

「よかろう」

寅之助は請け合った。それからふと真顔になって、

「松根さま、大塩平八郎の乱の後に力をつけられたそうだが、その理由はわかるか」

「さてそれだがな」

龍太郎は言葉を飲み込んだ。

三

「どうした」

「おれもはっきりとはわからない。だがな、藤沢監物が鍵を握っておるようだ。藤沢監物は、大塩平八郎の陽明学の学徒でもあったからな」

「やはり、大塩平八郎の乱が大きく関係しているということか」

飯塚もそう考えている。

どうも気になるところだ。しかし、調べる手立てなどはない。

「ま、そのことは置いておいて、まずは大塩海賊だ。成敗してやるぞ」

寅之助は決意を新たにした。大塩海賊を成敗するとの思いと同時に、藤沢監物への対抗心が湧き上がる。

「おおさ、やってやるとも」

龍太郎も気持ちを切り替えたようだ。

「ところで、大塩海賊の隠れ家、見当はついておるのか」

寅之助が問いかけると、龍太郎はにんまりとした。

「どうした」

「実はな、大番でとんでもない男が出てきておるのだ」

「ほう……」

「許しがたいことに、大江戸警護組に入ろうとしておる者がおるのだ。塾に行き、面接にも臨むそうだ」

そういえば、藤沢塾には大番を務める者もいた。滑川吉之助だ。

「嘆かわしいのう」

「だから、申したであろう。大番といえど、武芸ではなく、世渡り上手な者が出てきていると」

龍太郎は嘆くことしきりである。

「そのことはいい。それで、どうするのだ」

「うまいこと持ちかけ、大塩海賊の所在を聞きだす。藤沢は大塩海賊の居所を摑んでおるようだ。大番の一部もそれに加わって、一働きして藤沢に認められようと息巻いておる。そうした連中にうまいこと持ちかけて、隠れ家を聞き出すさ。それで、先回りしてやる」

「姑息だが、ま、いいだろう。この際、そんなことは言っていられない。それよりも、藤沢たちの鼻を明かしてやりたい。連中は、鳶《とんび》に油揚げをさらわれるということだ」

寅之助は澄《す》まし顔の藤沢が慌《あわ》てふためく様子を想像し、ほくそ笑んだ。

「さて、龍虎揃《そろ》って大塩海賊退治だな」

龍太郎はうれしげに笑った。

ふと、寅之助はにわか知識を自慢したくなった。

「メリケンとはどういう国か知っておるか」

「まだ、誕生して六十年余りの新しい国だ」

あっさりと解答されてしまった。どうやら、メリケンがどういう国かくらいは知っていて当然のようだ。すると、龍太郎が、

「メリケンの王のことは知っておるか」

と、問い返してきた。

意表をつく質問である。

「王……」

「王はどういう御仁だか知っておるのか」

「さあ、紅毛人か」

「見目のことを申しておるのではない。氏、素性について聞いておるのだ」

龍太郎はにやっとした。その様子は、寅之助の無知を露骨に馬鹿にしていた。

「誕生六十年じゃあ、王族ではあるまい。馬上、天下を切り従えたってことだろう。すると、神君家康公のようなお方が、国を誕生させ、その子孫が王となっておるのではないか」

「さにあらず」

龍太郎は得意げだ。

「じゃあ、なんだよ」

龍太郎の訳知り顔が憎らしくなった。

「入れ札だ」

「はあ……」

「誰が入れ札で決めるのだ」

「誰が入れ札をするのだ」

「町人も武士も僧侶も百姓も行う」

「そんな馬鹿な」

信じられない。

「メリケンというのはそういう国なのだ」

龍太郎は本当のことだと強調した。どうやらうそではないようだ。

「この世は広いな。変わった国があるものだ」

そんな国と戦うことになったら。

瀬尾の言葉が思い出される。

武士の魂を受け継ぐ。それこそが武士だと。メリケン国に武士はいるのか。武士がいなければ、飯塚に見せてもらった広大な領地を得ることはできまい。

民部は藤沢塾で大塩天狗捕縛を誓った手前、何もしないではいられない。繁蔵も引き下がることはなく、大塩天狗捕縛に熱中していた。

「ちょいと、面白い米問屋がいるんですよ」

繁蔵が言った。

「どんな」

ついつい浮かない顔をすると、繁蔵に元気を出してくれと励まされた。

「新川《しんかわ》にある米問屋で布袋《ほてい》屋っていうんですよ」

繁蔵が言うには、主人大五郎《だいごろう》は二代目、新興の米問屋だ。組合には属さず、独自の判断で商《あきな》いを行っているという。

「飢饉で、米の値を吊り上げて、米問屋たちが暴利をむさぼっていた時、布袋屋大五郎は、荒稼ぎするどころか、かえって安く米を提供していたそうですよ」

「ほう……」

それが事実であれば、世知辛い世の中にあって、貴重な男だ。

「だから、大塩天狗に狙われないいんじゃないですかね」

「わからんぞ」

決め付けは禁物である。

二人は布袋屋の前にやって来た。店先は大変な繁盛ぶりである。米俵《こめだわら》を積んだ大八車《だいはちぐるま》が行き交い、奉公人たちが忙しく働いている。身を焦《こ》がされるような強い日差しにもかかわらず、みな少しの手抜きもなく、生き生きと働いている。

その中にあって、羽織を重ねた若い男があれこれ指図していた。陽炎《かげろう》の揺らめきの中で精力的に動き回る姿は精悍そのものである。

「主の大五郎ですよ」

繁蔵が耳元で囁《ささや》いた。

民部はうなずいて大五郎に近づく。繁蔵が、

「布袋屋さんですね」

「はい」

大五郎は大粒の汗を首に巻いた手拭で拭った。

「ちょっと、聞きたいことがあるのだが」

民部が声をかけると、

「この暑いのに、町廻りですか。それは、どうもお疲れさまでございます」

「それは、おまえとて同じことだ。商いの邪魔なら、少し時を経てからまいろう

か」

「いえ、それには及びません」

大五郎は奉公人たちに、一休みしようと、声をかけてから、店の中へと民部と繁蔵を案内した。店の裏手の座敷へ通された。

八畳の座敷は、質素なものだ。床の間を飾る掛け軸が唯一つの装飾品であるが、それにしたところで値が張るようなものではない。道具屋の店先で、二束三文で売られているような品物である。畳の縁も擦り切れていた。それでも、不快感を抱かせるどころか、好感を覚えるのは、大五郎の人柄、商い熱心で、質素な暮らしぶりが偲《しの》ばれるからだ。

冷たい麦湯が出されたが、民部と繁蔵だけで、大五郎自身のものはない。

「今日、お越しになられたのは、大塩天狗のことでございますか」

大五郎は切り出した。

「さすがは、布袋屋さん。察しがようござんすね」

繁蔵が愛想よく言う。

「大塩天狗が何か」

「他の米問屋どもは、南北町奉行所に警護してくれと矢の催促だが、そなたのみはそうした声をきかない。用心した方がいいのではないか」

民部は警護を申し出た。

「お上の手を煩《わずら》わせることはできません」

大五郎は拒絶したが、空々しさを感じない。心底そう思っているようだ。

「遠慮なさることはねえですよ」

繁蔵が尚も警護を申し出ると、民部も首肯する。

「遠慮ということもありますが、わたしは、商いに努めるだけでございます。大塩天狗が何者か存じませんが、大塩天狗を恐れて、商いがちぢこまってしまっては、何もなりません。大塩天狗はお役人さま方がきっと、捕らえてくださいましょう。それをわたしは信じております。ですから、何も恐れることなく、商いを行います」

「立派だ」

繁蔵が快哉《かいさい》を叫んだ。

「それでも、相手は凶暴なる者ぞ」

「ご忠告、痛み入ります」

大五郎は丁寧に頭を下げた。

「心当たりはないか」

民部の問いかけにしばらく大五郎は思案をしていたが、

「申し訳ございません」

とんと見当がつかないと答えた。

「ならば、くれぐれも用心せよ」

「ありがとうございます」

民部は腰を上げた。

「ご苦労さまです」

大五郎は早速商いに戻った。

四

表に出た。

「清々しい男でしたね」

繁蔵が言ったように、布袋屋大五郎、盛夏にあって清流の清々しさを感じさせる男であった。

「同じ米問屋といっても、言っちゃあ悪いが、いや、悪くねえか、殺された連中とは大違いですよ」

繁蔵の言葉に反論する気はないが、さすがに立場上賛同することはできない。

すると、

「八丁堀の旦那ですね」

と、男が声をかけてきた。印半纏《しるしばんてん》に腹掛け、周囲から「頭《かしら》」と呼ばれているように鳶職だろう。案の定、男は布袋屋出入りの鳶職で熊次郎《くまじろう》だと名乗った。

「旦那方、大塩天狗を追っていらっしゃるんですよね」

「そうだが」

民部は静かにうなずく。

「布袋屋の旦那、町奉行所に警護を頼まれないんだ。それで、心配になって様子を見に来たってわけなんだ」

繁蔵が言うと、

「そら、ご心配には及びませんぜ」

熊次郎は自信満々に答える。

「そいつはどうしたわけだ」

繁蔵の問いかけに、

「布袋屋の旦那は、殺された米問屋と違って、その屋号通り布袋さまみてえなお方だからですよ」

熊次郎は布袋屋大五郎の善行を語った。それは繁蔵が聞き込んできた話を裏付けるものであった。実際に会った大五郎からして、熊次郎の話が嘘ではないと確信できた。

「つまり、大塩天狗から天罰を下される覚えはないと申すのだな」

民部が問いかける。

「まず、間違いございません」

熊次郎は自信たっぷりに請け合った。

「頭の言う通りだぜ。布袋屋の旦那に限って大塩天狗から、天罰を下されるはずはねえ。だけどな、油断ならねえのが、世の中ってもんだ」

繁蔵も熊次郎に賛同したものの、十手を預かる責任感からか、忠告することも忘れなかった。

「そうなんですがね、あっしゃ、ちょっくら気になることがあるんですよ」

熊次郎は言った。民部の目にはそれが、熊次郎のあてずっぽうではないような気がした。

「どうした」

民部が問う。

「大塩天狗に狙われることはないと思うんですがね」

熊次郎の言葉は不穏なものであった。

「どういうことだ」

民部が視線を凝らす。

「つまり、なんですよ、なりすましって言いますかね。世の中、とんでもねえ野郎がいるもんです。大塩天狗を騙《かた》る野郎が出てこねえとも限りませんや。そんで、そうした野郎が布袋屋の旦那を亡き者にしねえとは言えませんや」

すると、繁蔵が、

「そら、確かにそうした連中が出ねえとは決められねえが、でも、布袋屋の旦那を恨むような奴はいねえだろう」

と、安心しろと声をかけたのだが、

「ところがそうでもねえんで」

熊次郎は声を潜めた。

「何か、心当たりがありそうだな」

民部も気にかかった。

「米問屋ですよ」

熊次郎は声を潜めた。

「なるほどな。同じ米問屋の中には、布袋屋さんを煙たく思っている連中もいるってことか」

繁蔵は得心がいったようだ。

「そういうことです」

熊次郎はうなずく。

「しかし、いくら、布袋屋のことを疎ましく思ったとしても、殺すことはあるのか。具体的な心当たりはあるのか」

「そら、証はありませんがね」

熊次郎は、それ以上はわからないようだ。

「米問屋が布袋屋の命を狙っておるかどうかはわからぬが、おまえが、危うさを感じているのなら、目配りをしておいてくれ。我ら、町方が警護を申し出ても、大五郎は応じないし、迷惑がるだけだからな」

「まったくだ」

民部と繁蔵の言葉に、

「それがいいところであり、ひょっとしたら命取りになるかもしれませんからね」

熊次郎は深刻な表情となったが、それでも、これ以上はどうしようもないとばかりに頭を下げた。

「でも、人ってのはつくづく、嫌になりますね」

繁蔵は妙に達観したような物言いをした。

「人に嫉妬《しっと》というのはつき物で、どうしようもない」

民部も心底からそう思う。

「大塩天狗、五人殺してからなりを潜めていますね」

「そうだな」

「もう、目的を達したんでしょうか」

繁蔵は空を見上げた。入道雲が真っ白く光っている。

「確信はないが、もし、大塩天狗が書付通りのことで、殺しを実行しておるのだとしたら、まだだろう。これまで殺された米問屋は揃って組合に加わっていた。組合の中でも幹部だった。ところが、まだ肝煎りは健在だ」

「するってえと、大塩天狗の狙いは肝煎り、つまり、越前屋兵右衛門ということですか」

「書付が本当ならばな。そして、偶々《たまたま》かもしれんが、今評判の藤沢監物の塾は、越前屋兵右衛門から提供されている」

民部の言葉に繁蔵はびくんとなった。

「こら、偶然でしょうかね。ひょっとしたら、大塩天狗の狙いは、藤沢監物ってことじゃありませんか」

「それは飛躍のしすぎだろう」

否定したものの、そうかもしれないという思いもする。

「ちょいと、藤沢塾に行ってみますか」

繁蔵に言われ、

「そうだな」

民部も応じた。

一方、寅之助は寅之助で、藤沢のことが気にかかって仕方がない。果報は寝て待てというが、そういうわけにはいかないのが、寅之助である。藤沢塾に行って、藤沢に大塩海賊の隠れ家を教えてもらうわけにはいかないし、そんなことをすれば不審がられるとは思ってみても行動しないことには落ち着かない。

というわけで、寅之助は藤沢塾へとやって来た。

すると、門前に民部がいる。

さては、今日も志乃会いたさにやって来たのかと思っていると、横には繁蔵が立っていた。町廻りの途中らしい。繁蔵が寅之助に気づき、にこにこと近づいて来る。

「ちょっと、茶店でも行くか」

寅之助が言うと繁蔵が近所にある手頃な茶店を見つけてきた。

「何しに来た」

寅之助は言った。

「実は、大塩天狗探索の過程で藤沢監物が浮かび上がってきたのです」

民部らしい生まじめさで、布袋屋大五郎を訪ねたことを語った。

「ですから、大塩天狗の真の狙いは藤沢先生じゃねえかって思いましてね」

繁蔵が言った。

「なるほど、それは一理あるかもしれぬぞ」

寅之助の答えに民部と繁蔵は意外そうに目をしばたたいた。

「どうしてですか」

民部は教えを請うかのように、両手を膝の上に揃えた。

「藤沢監物はかつて大塩平八郎の洗心洞で陽明学を学んでおったそうだ。ところが、大塩が乱を企てる十日ほど前に、大塩の下を離れている。それが、もし、大塩や大塩を慕う者たちの恨みを買うような行いであったとしたら、大塩を気取る大塩天狗が命を狙ったとしてもおかしくはないな」

「こら、決まりですぜ」

繁蔵は応じた。

「それにだ。大塩海賊のことを聞いているだろう」

「もちろんですぜ。モリソン号から逃亡してきた海賊のことですよね。しかも、そこには、大塩平八郎が加わっているって、とんでもねえ噂がありますね」

繁蔵の言葉を民部が引き取って、

「藤沢の大江戸警護組が、大塩海賊を退治するというのは、ひょっとして大塩平八郎が生きているかもしれないという疑いを、藤沢が抱いているからなのでしょうか」

寅之助もうなずく。

「江戸で大塩平八郎の幽霊が徘徊《はいかい》しているんですね。救民を叫んだ、偉い学者だったそうですが、この世に未練があって幽霊になるとは、人の情ほど怖いものはねえや」

繁蔵は肩をそびやかした。

「違いないな」

寅之助も応じた。

「しかし、大塩天狗は藤沢先生には手出しできねえでしょう。何しろ、西洋式の鉄砲があるんですからね。それとも、天狗には通じないってこってすか」

繁蔵は満更冗談ではなさそうだ。

五

　話題の中心となった藤沢監物の塾は、今日は休講であった。名目は、大江戸警護組の仕組み作りに没頭ということだ。従って、塾はがらんとしている。

　そのがらんとした大広間の隅に、三人の男女がいた。

　荒法師と唐人と女である。

　藤沢が荒法師に向かって、

「磐梯《ばんだい》、よき働きであるな」

　それは塾生に対する言葉遣いや物言いとはまるで違う、野太くて鋭いものであった。磐梯は唐人と女に向かって、

「劉玄栄《りゅうげんえい》、光《みつ》の働きも大きなものでございます。我ら、藤沢先生の手足となるべく忠節を尽くしております」

　磐梯は言った。

「磐梯と出会ったのは鞍馬《くらま》であったな。お主、古《いにしえ》の弁慶の如《ごと》く薙刀で、そ奴らと辻斬《つじぎ》りをしておったのう」

「先生も悪さをなさっておられた」

磐梯はにんまりとした。

磐梯は、元は高野山《こうやさん》の僧侶であった。ところが、坊主修行が嫌で山を降り、得意の薙刀でやくざ者の用心棒をやったり、おいはぎをやったりした。そのうちに、長崎に行き、清国の海賊であった劉玄栄と知り合い、共に悪さを繰り返し、大道芸人として手車や曲芸をしていた光とも知り合った。三人で九州から畿内を中心に辻斬り、夜盗、付け火、殺しと、悪の限りを繰り返してきた。それが、鞍馬の山中で藤沢と出会った。

今年の如月（二月）、大塩平八郎の乱が起きて後、藤沢は大坂を去り、江戸へ向かおうとしていた。途中、念のため鞍馬の山中に身を潜め、大塩に関わったとして追手がかからぬか成行きを見守った。

磐梯は藤沢に斬りかかったが、たちまち組み伏せられ、それから共に面白い話を持ちかけられた。

「天下を盗まぬかと持ちかけられた時には、このお方はとんだ大法螺《おおぼらふ》吹きだと思ったが、今まさに実現しようとしていますよ」

磐梯の言葉に、

「ほんと、面白いったらないね」

光が愉快そうに笑った。

すると、

「今度、誰、殺す」

玄栄がかたことの日本語で聞いた。

「つくづく、人殺しが好きだな」

藤沢はにんまりとした。

「大塩天狗ですか」

磐梯が尋ねる。

「大塩天狗な」

藤沢は薄笑いを浮かべた。

「大塩天狗なる者、やはり、大塩平八郎の門人を自任し、その真の狙いは藤沢先生ではございませんか」

磐梯が言った。

「そうかもしれんな」

「殺すね」

玄栄は言った。

「でも、何処に潜んでいるんだい」

光は顔をしかめる。

「わからないね」

玄栄はあっさりとしている。

「じゃあしょうがないじゃないのさ。江戸の町中をうろうろするわけにもいかないよ。大番の連中に狙われているんだから」

光が言った。

「大番、大したことないね。それに、みな、腰抜けぞろい、あたしたちを捜す者、いないよ」

磐梯が玄栄の言葉を遮《さえぎ》り、

「あいつを忘れたのか。先生に腕を試してみろといわれた男、寺坂寅之助」

すると光が顔を歪ませ、

「あいつは、なるほど骨があった。大番あたりなどれないと思ったさ。でも他の連中といったら」

「ほんと、物足りないね」

玄栄も身体を震わせた。

「わたしが寺坂の腕を試させたから、おまえたちは油断なく大番どもを始末できたのだ」

藤沢が言った。

「それにしても物足りないね。寺坂ともう一度戦いたいよ」

玄栄は不満そうだ。

「寺坂寅之助に拘《こだわ》ることはない。大塩天狗などと申す小者にも、心血を注ぐ必要はない」

藤沢が言うと、

「でもさ、大塩天狗って先生を狙ってるんじゃないの」

光のはすっぱな物言いに、藤沢は不快がることもなく、

「放っておけばよい。それよりも、大塩天狗の名をもっと上げてやろうと思う」

藤沢はにやっとした。

光が怪訝《けげん》そうな顔で磐梯を見る。磐梯は藤沢の考えを見極めようと思案をした。玄栄は考える気すら起きないようで、ぼうっとしている。

「大塩天狗、このところなりを潜めておるな」

「町方が米問屋どもを厳重に警護しておるから、手出しできないのでは。それに、米問屋どもも怖気づいて、大人しく家に籠っております。大塩天狗としては、様子見をしておるのではございませぬか」

「その通りであろう」

「ならば、米問屋と大塩天狗の根競《こんくら》べということになりましょうか」

磐梯の言葉に光はうなずく。

「その根競べ、ここらで大塩天狗に加担してやろうではないか」

藤沢が言うと、

「先生、どうしてなのさ。わかるように言っておくれな」

光がむくれるのを楽しげに受け止めると、

「大塩天狗が狙うであろう、米問屋を大塩天狗に代わって殺せ。大塩天狗、健在なりと世に思わせる。大塩天狗の評判が上がれば、大塩平八郎の評判も上がる。大塩平八郎の評判が上がれば、幕閣の中には、慌てる御仁も出てくるというわけだ」

藤沢は満面に笑みを広げる。

「先生は大塩平八郎の評判が高くなれば、いいんだ」

よくわからないけど、その話面白そうだと光ははしゃいだ。

「大塩海賊はいかにしますか」

磐梯が言った。

「それは、大江戸警護組に任せる。なに、大塩海賊にしても、わたしの企ての中にある。よもや、狂うことはない。しかる後、おまえたちには大物の命を奪ってもらう」

「誰」

玄栄が反応した。

「それは、お楽しみだ」

藤沢は言った。

玄栄は不満そうだったが、やがて舌を出し、ぺろっと自分の唇を舐《な》め回した。

やおら、

「誰だ」

藤沢が叫んだ。

磐梯が立ち上がり、障子《しょうじ》を開ける。

庭に一人の侍が立ちつくしていた。侍は目を白黒させていたが、

「拙者、大番滑川吉之助と申します。藤沢先生に、どうしても大江戸警護組に加えて頂きたく思いましてまかり越しました」

滑川は目をきょろきょろとさせた。藤沢は縁側に立つと、

「本日は休講です」

「それは、わかっておりますが、拙者どうしても」

滑川は言いながら、やがて、磐梯たちに視線を向けた。それから、

「あの者たち……」

すると、光がうれしそうな顔で袂《たもと》から手車を取り出し、操り始めた。糸に繋《つな》がれた真っ赤な玉が伸縮を繰り返す様は、炎昼にあっても、ぞくぞくとする。滑川の顔に怯《おび》えが浮かぶ。

「貴様ら……、ひょっとして」

声が上ずってどうしようもない様子だ。滑川は藤沢を見上げた。

「藤沢先生、この者どもは何者でございますか。まさか大番、三人を殺した怪しげな連中ではございませぬか」

滑川は言った。

藤沢は平然と言い返す。

「怪しげな者どもに非ず。この三人はわが配下なり」

「なんと、そのような」

滑川はわなわなと唇を震わせた。

「滑川吉之助と申したな」

「は、はい」

「どうしても、大江戸警護組に加わりたいか」

「そのつもりでしたが、先生……。この者どもを配下にお持ちとは、大番を殺したのは先生のご意思ですか」

「いかにも」

滑川の目が大きく見開かれ、

「どうしてですか、そもそも、先生は一体何をお考えで……」

滑川の問いかけには答えず、

「滑川吉之助、大江戸警護組に加わりたいのであるな。ならば、腕のほど、見てやろう」

藤沢は庭に降り立った。

「最早加わりたくはない。藤沢監物、貴様、とんだ奸物であったな」

玉の汗を滴らせながら喚《わめ》き立てる滑川とは対照的に、藤沢は汗一つかいておらず、涼しげに立っている。ぎらつく陽光と降り注ぐ蟬しぐれの中、

「滑川、そなたも大番ならば、腕には覚えがあろう。かかってまいれ」

藤沢は言いながらも、腰に大小を差していない。大小どころか、身に寸鉄も帯びていなかった。

「おのれ」

滑川は喚き立てる。

「臆したか、やはり、大番、頼むに足らず。無用の長物じゃ」

藤沢の言葉に、磐梯は薙刀の柄で縁側を叩き、玄栄は青龍刀を振り回し、光は手車を操りながら哄笑を放った。

「奸物め」

滑川は抜刀した。

抜き身が煌《きらめ》き、大上段に構えられる。

じりじりと間合いを詰めるが、藤沢は泰然として動かない。

「やあ」

滑川は藤沢に不気味なものを感じたようで、やたらと声を張り上げ、威嚇《いかく》を繰

り返す。しかし、藤沢は届いていないように、身動ぎせずに聞き流している。

「とお！」

意を決したように滑川は藤沢に斬りかかった。

藤沢は右手をさっと伸ばす。

掌《てのひら》を広げると、滑川の身体がぴくんとなった。次いで、背後へ弾け飛んだ。

そして、松の木にぶつかり、ばったりと倒れた。

光が滑川の傍らに立ち、見下ろした。

「息してないよ。さすがだね、先生。技、一向に衰《おとろ》えていないよ」

炎天下、滑川は陽光に焦がされた。

魂が消え去った身体は、さながら空蟬《うつせみ》のようだった。

と、俄《にわ》かに天がかき曇った。

空を分厚い雲が覆い、やがて雷鳴が轟《とどろ》く。

夕立のようだ。

「よき、暑気払いになろう」

藤沢は歓迎するように雨空を見上げた。

六

明くる十日、民部と繁蔵は大塩天狗探索の動きを中止せざるを得なくなった。

湊稲荷の境内で侍の亡骸が発見されたというのだ。

湊稲荷の境内にある、富士塚の下でその侍は倒れていた。

民部と繁蔵は亡骸を検め、後頭部が陥没していることを認めた。

「こら、富士のお山から落ちたんでしょうね。まさか、大塩天狗の仕業ってことはねえでしょう」

「何でもかんでも大塩天狗じゃないさ。それに、れっきとした武士のようだ」

「おそらく、夜中に富士塚に登ったんでしょうね」

「そうかな」

民部は首を捻った。繁蔵が、

「何か不審な点でも」

「昨日は夕方から雨が降ったであろう」

「そうでしたね。夕立がやって来たと思ったら、そのまま雨になっちまって。でも、いい暑気払いだって、みんな喜んでましたよ」

繁蔵も思い出したようだ。思い出してみると、富士のお山に登ったたってこってすか。

「そんな雨ん中、湊稲荷までやって来て富士のお山に登ったたってこってすか。

で、足を滑らせちまった」

「いや、そもそも、雨の中、湊稲荷を詣《もう》でて富士塚になど登るものかな」

民部の疑問を、

「それくれえ、願をかけたいことがあるんじゃござんせんか」

繁蔵はさらりと言ってのけた。

「そうかな」

民部はもう一度亡骸の顔を覗き込んだ。事故死として片づけるのが無難であろう。武士が町人地で問題を起こした際には町方の差配であるが、神社境内だから、寺社方の差配だ。それにしても、何で雨の降る夜に人造富士に登ったのであろうか。

どうも引っかかってしまう。

「あれ」

見覚えがある。

「藤沢塾だ」

民部が呟くと、

「なんです、藤沢塾がどうかしたんですか」

繁蔵が民部を見た。

「この侍、藤沢塾で見かけたのだ。大番の身で熱心に藤沢の講義を聞いておった。ひょっとして大江戸警護組に加わりたいと思ったのかもしれない」

「へえ、大番ですか。大番が大江戸警護組に加わりたいなんて、なんだか情けねえですね。仏には悪いが、大番も落ちたもんですよ。するってえと、このお侍、大江戸警護組に加わりたいと願って富士のお山に登ったたってわけですか」

挙句に落ちたということか。

繁蔵ならずとも、まことに情けないと思わざるを得ない。大番の誇りはないのか。この話が江戸市中を駆け巡れば、ただでさえ、下がった大番の評判は、それこそ地に落ちるだろう。

「益々、藤沢監物の評判が上がるってことですよ」

繁蔵はやれやれと言った。

すると、そこへ、野次馬の輪を、

「退《の》け！」

という居丈高《いたけだか》な声がかき分け、一筋の道が出来たと思うと一人の侍が足早にやって来た。上等な小袖に絽の夏羽織を重ね、仙台平の袴にはくっきりと筋が刻まれている。雪駄《せった》から覗く足袋《たび》は鮮やかな白だ。

民部を見て八丁堀同心と思ったようだ。民部は、

「五十嵐さま」

と、侍に声をかけた。侍はおやっという顔で民部を見返す。

「以前、瀬尾先生の道場で応対させて頂きました。五十嵐さまは寺坂さまをお訪ねでした。南町同心の青山と申します」

龍太郎は民部を思い出したようだ。

「そうか、あの時の」

そう言ってから、亡骸に視線を落とす。次いで苦い顔となり、

「やはり、滑川か」

と、唇を噛んだ。

「ご存じですか」

「いかにも。大番滑川吉之助だ」

龍太郎は断定すると、人造富士を見上げた。民部が富士から足を滑らせて落下したと思われることを説明した。

「雨の中に富士を登ったのか」

龍太郎はやはり、そのことを疑問に思ったようだ。

「滑川さまは、藤沢先生が提唱された大江戸警護組に加わることを願っておられました」

先日の藤沢塾でのやり取りを話した。

「やはりそうか。滑川が大江戸警護組に入りたがっていることは耳にしていた。それで、滑川に話を聞こうと捜しておったのだ。昨日、藤沢塾に行くと言って、屋敷を出たそうだ。それきり、屋敷には戻ってこなかった。それで、藤沢塾を訪ねてみたのだが、昨日は休講ということだった」

龍太郎はそれから神田、日本橋界隈《かいわい》を歩くうちに、湊稲荷で侍の亡骸が見つかったことを耳にしたのだとか。

「実際、昨日は藤沢塾は休講でした」

民部が言うと龍太郎はうなずいた。

龍太郎が思案するように口を閉ざしたところで繁蔵が、

「大江戸警護組に加わりたいって願かけされたんでしょうね」

と、口を挟んだ。

「願かけのう。雨の中か、情けなき奴め」

龍太郎は吐き捨てると亡骸の傍に屈み込み、後頭部に手をやった。

「陥没しておるが、何かにぶち当たったような」

龍太郎は見回した。

周囲には土があるだけである。

「石にでも当たったのか」

言いながらも、龍太郎はそのような石が見当たらないことを言い添えた。

「確かに」

繁蔵もおかしいと首を捻る。民部も疑問が広がる。

「ひょっとしたら、後ろから石でぶん殴られたのかもしれませんぜ」

繁蔵が言う。

「その可能性はあるな」

民部が答えたところで、

「本当に石だろうか」

龍太郎は疑問を広げた。

「じゃあ何ですよ」

繁蔵の問いかけに、

「何かもっと大きなものにぶち当たったような」

龍太郎にもそれが何かは思いつかないようだった。

「ともかく、大番がまたしても死んだ。殺されたのかどうかはわからんが、これで、一層大番の評判が落ちることは必定だ」

龍太郎は唇を噛み締めた。

繁蔵はめったなことは言えないとばかりに口をつぐんだ。

「まあ、みておれ。このままではすまさぬ。大江戸警護組の鼻を明かしてやる」

龍太郎の言葉に、

「その意気ですよ」

繁蔵に言われ、

「そなた、寺坂寅之助を存じておろう」

「はい」

「寺坂とな、大江戸警護組の鼻を明かすべく、共に起《た》つ所存じゃ」

「こらいいや。一本鑓の旦那なら、間違いねえですよ」

　繁蔵は大喜びだ。

「ともかく、我らは大塩天狗を追います」

「そうだな。町方は大塩天狗で手一杯だ。我らは大塩海賊を退治してやる」

「大塩平八郎、いるわけありませんよね」

「むろんじゃ。だがな、連中がモリソン号から西洋式の鉄砲を奪ったのは事実。あなどれない敵だ」

「一本鑓の旦那も力が入るってもんですよ」

「そういうことだ。あいつが鑓で大暴れする様を見れば、大江戸警護組の連中も怖気づくだろう」

　龍太郎は言った。

第四章　海賊退治

一

大番滑川吉之助の死は、事故として落着をした。これによって大番の評判は更に低下した。

低下したのは大番ばかりではない。

町奉行所の評判もがた落ちだ。というのは、ついに大塩天狗が動き出したのである。

滑川の亡骸が発見された二日後、文月十二日のこと、芝三島町《しばみしまちよう》にある米問屋武蔵《むさし》屋の主人又三郎《またさぶろう》が大塩天狗の手にかかったのである。芝神明宮《しんめいぐう》の鳥居前で倒れていたのを、棒手振《ぼてふ》りの納豆売りが見つけたのだった。

亡骸は間近にある自身番に運ばれ、民部と繁蔵が駆けつけた。藤沢たちの面前で、その後志乃にも大塩天狗捕縛を誓った矢先に出た犠牲者である。民部は、独りいきり立って大塩天狗捕縛を言い立てた情けなさと共に強烈な焦りを感じた。

土間に横たえられた亡骸を検死する。額に丸い痕《あと》があり、大きく陥没している。何か丸い物で殴られたようだ。

「今回に限って撲殺か」

民部が呟くと、

「大塩天狗だっていう書付もありますし、塩も撒かれていますよ。それに、仏さんは米問屋組合に入っているそうです。聞くところじゃ、次の肝煎りだって評判です。こりゃ、決まりですよ、大塩天狗の仕業に決まってまさあ」

繁蔵は大きな声を出した。

「そうだろうがな。それにしても、どうして武蔵屋又三郎は夜に出歩いたんだろうな」

民部は疑問を呈した。

武蔵屋周辺は南町奉行所が夜回りをしていた。見回りをしていた中間《ちゅうげん》、小者に確かめると、怪しげな者たちの姿はなかったし、又三郎が店を出るのも目撃されていない。

「つまり、又三郎は夜回りの目を盗んで出かけたということだ」

「どうしてそんなことを……」

繁蔵も疑問に感じたようだが、はたと手を打った。

「女ですかね」

繁蔵は小指を立てた。

「そうかもな」

夜回りの目を盗み、大塩天狗を恐れずに出かけて行く先となると、女というのがもっともありそうなことだ。

すると、

「御免くださいまし」

遠慮がちな声が聞こえた。

風を取り入れるために、腰高障子《こしだか》は開け放ってある。強い日差しのため、外は白く光っている。砂塵《さじん》が舞う往来に、前掛けをした男が立った。前掛けには、武蔵屋の屋号が記されていた。

武蔵屋の番頭のようだ。

「入れ」

民部に促され、男は入って来た。果たして、男は武蔵屋の番頭茂吉《もきち》だと名乗った。茂吉は又三郎の亡骸の脇に尻餅《しりもち》をついてしまったが、すぐに気を取り直すようにし、両手を合わせた。

ひとしきり落ち着いたところを見計らってから、

「女房はどうした」

民部が尋ねる。

「ご新造さんは、とても驚かれて……」

来られるような状態ではないようだ。

「無理もねえや」

繁蔵が二度、三度こくりとうなずく。

「又三郎のことを聞かせてくれ」

民部が問いかけると茂吉は向き直って、

「旦那さまは、奉公人の手前から申しますのもなんでございますが、それは生まじめで、商い熱心なお方でございました」

「生まじめねえ、でも、武蔵屋さんは……」

繁蔵が女のことを聞き出そうとしたが、民部は止めた。

「続けてくれ」

民部の要請に茂吉はうなずくと、話を続けた。それによると、又三郎は婿養子だそうだ。

「元は武蔵屋の奉公人でした」

「へえ、そうかい」

繁蔵は亡骸を見直した。

又三郎は奉公人から手代、番頭となり、その商売熱心さと生まじめさを、先代の主から高く評価され、一人娘律《りつ》の婿となって、店の跡取りになったのだという。五年前のことだったそうだ。

「昨晩の行いはどうしたものだった」

民部は繁蔵を黙らせて質問を続ける。

「夜四つ（午後十時）になって、湯屋へお出かけになりました」

「湯屋か。しかし、夜回りの者は見ていないのだがな」

「それは……」

茂吉の目が彷徨《さまよ》った。

「誰かを訪ねたのではないのか」

「そんなことはございません」

茂吉は伏し目がちとなった。

「これは殺しだ」

「大塩天狗の仕業でございましょう」

茂吉は首を捻る。

「そうだろうな」

「では、大塩天狗の行方を追いかければいいのではございませんか」

茂吉は言い辛《づら》そうだ。

「それはそうだが、大塩天狗だとしても、大塩天狗は又三郎の動きを知っていたことになる。昨晩に限って、夜回りの目を逃れて出歩くことを……。これはどういうことなのだろうな」

「それは手前にはわかりません」

茂吉は横を向く。

「本当は湯屋に行ったのではないのだろう。なあ、話してくれ、本当のことを」

「でも、それは関係ないと思います」

茂吉は動揺しだした。

「関係あるかないか、聞いてみなければわからん」

民部は強い口調になった。

「ですが……」

茂吉は口をもごもごとさせた。

「女ではないのか」

民部が切り込むと観念したように、

「申し上げます」

と、茂吉は顔を上げた。

茂吉によると、又三郎は、同じ芝三島町のしもた屋に女を囲っているという。

「お梅《うめ》さんとおっしゃいます。元は柳橋《やなぎばし》の芸者さんで、旦那さまが組合の寄り合いで出かけた座敷で見初《みそ》めたのです」

「又三郎は生まじめということだが、遊びの方はどうだったのだ。お梅以前にも女を囲っていたことはあるのか」

「とんでもない。お梅さんのことも、旦那さまの生まじめさが生んだことなのです」

　又三郎は仕事一筋の人生だった。それが、一昨年《おととし》、先代の主人が死に、武蔵屋を継いで組合の寄り合いにも出るようになった。それで、遊びを覚えたのだという。

「遊びといいましても、お梅さんを囲っている家へ行くだけが楽しみなのです。なにしろ、ご新造さまの目がありますゆえ」

　当然ながら、又三郎はお梅のことは妻お律には黙っていたという。

「ですから、昼間に店を空けてお梅さんの所に行くことはなかったのです。決まって、夜でした」

「夜だって、お律は気にしたのではないか。亭主が夜出かけるとなると。まさか湯屋と言って通じるとは思えない」

「それが……」

　お律は寝るのが早いのだそうだ。又三郎を待つことなく、さっさと食事を終え、先に寝てしまうことが常なのだとか。

「旦那さまがお梅さんを囲ったのは、この四月です。当初は、組合の会合がある、とご新造さまに断りを入れてからお出かけになっていたのですが、ご新造さんは関心をお示しになることはなくなって、旦那さまが出かけるにも何もおっしゃらなくなりました」

茂吉は言った。

やはり、お梅を訪ねて行ったのだろう。又三郎の亡骸はお梅の家までの途中で見つかった。そのことからして、大塩天狗はお梅の存在も知っていることになる。

「旦那さまは、以前にも増して、商い熱心になられました」

又三郎はお梅を囲ったことで、生き甲斐《がい》ができたそうだ。

「お梅さんに会うことを、励みに旦那さまはより一層商いを……」

茂吉は感極まったように泣き崩れた。繁蔵が改めて、又三郎の亡骸に向かって手を合わせた。

「大塩天狗に恨まれたのでしょうか。でも、旦那さまは組合には入っておりますが、これまでに、殺されなすった方々とは違って、決して暴利をむさぼるようなことはなさらなかったのです。それなのに、どうして、恨まれなければいけないのでしょう」

茂吉は悔しげだ。

民部とても答えることができない。そのことは繁蔵と自分も疑問に感じていたことである。

「どうなんですか」

茂吉は責めるような口調になった。

「まあ、落ち着いて」

繁蔵が宥《なだ》めにかかった。

「御奉行所は何をやっているんですか。これまでに、五人も殺されたんですよ。旦那さまで六人目です。それなのに、大塩天狗の尻尾《しっぽ》も摑めていないとは……」

茂吉の批難に一言の反論もできない。

すると、

「大塩天狗すげえな」

「また、動き始めたぜ」

「町方じゃ、捕まえられないだろうよ」

口さがない連中の声が聞こえた。

「うるせえぞ！」

繁蔵が表に向かって怒鳴った。

まさしく、負け犬の遠吠えとしか思えなかった。

二

すると、

「茂吉!」

という、かな切り声と共に女が駆け込んで来た。上等な友禅染めの着物を身につけ、結った髪には、鼈甲《べっこう》の櫛《くし》と 笄《こうがい》 が挿されているものの、乱れている。顔は激しく歪み、茂吉、茂吉、と激しく叫び立てていた。

茂吉が、又三郎の女房お律さんだ、と小声で言った。

「ご新造さんですか」

繁蔵がお律の気持ちを静めようとしたが、お律の興奮は収まらなかった。茂吉に向かって、

「うちの人、女を囲っていたんじゃないの」

「ご新造さん、何を言いなさるんで」

茂吉はおろおろとした。

「この人ったら、あたしの目を盗んで……。悔しいったらないね」

お律は民部や繁蔵を憚る余裕もなく、怒りを爆発させる。

「何を怒っておるかはわからんが、まずは、亭主に手を合わせるべきではないのか」

堪りかねて民部が声をかけた。面と向かって町奉行所の役人に諭《さと》され、番屋の前には野次馬が群れていることもあって、お律もようやく落ち着いたようだ。力なくうなだれると、亭主の亡骸を見やり横にぺたんと座り込んだ。次いで、うつろな顔で両手を合わせ、冥福を祈ってから、すっくと立ち上がり、茂吉に詰め寄ろうとした。

繁蔵が一歩外に出て、

「見世物じゃねえぞ！」

と、野次馬を追い散らした。

周囲も静まったところで、

「亭主の浮気を怒っておったようだが、何か証でも見つかったのか」

民部が問いかける。

「これが……」

お律は書付を示した。

又三郎の着物の袖に入っていたのだそうだ。民部は受け取り広げる。そこには、今夜どうしても会いたいから、家に来て欲しいという文面と、末尾に梅と記してあった。

これではっきりした。

又三郎はお梅からの文《ふみ》を受け取り、お梅の家に出かけたのだ。

「この人ったら、猫かぶっていたんだ。真面目ぶって、外で女なんか作って、つくづく男なんて信用できないわ」

お律は再び喚きたてた。

「ご新造さん、死ねば仏ですよ」

繁蔵が宥めにかかった。

お律は再び又三郎の亡骸を見下ろすと、批難の言葉を引っ込め、肩を震わせ嗚《お》咽《えつ》を漏らし始めた。

民部と繁蔵はお梅の家へと向かった。炎天下だが、民部も繁蔵もやる気満々である。やっと大塩天狗の手がかりらしきものを得ることができたのである。これを逃すことはできない。

気持ちを奮い立たせながらお梅の家へとやって来た。

芝三島町の小路を入った小体《こてい》な二階家の玄関に立ち、繁蔵が格子戸を開けた。

「お梅さん、いるかい」

奥に向かって声を放つと、すぐに女が出て来た。小柄な年増女である。美人というよりは、愛嬌《あいきょう》のある面差しで、いかにも、一緒にいるとくつろげそうであった。

「何か」

お梅は民部と繁蔵を見ると、不思議そうに小首を傾《かし》げた。この様子だと、又三郎が死んだことはまだ知らないようだ。

「武蔵屋又三郎を知っておるな」

民部が問いかける。

「ええ……」

お梅は小さな声で返事をした。

「実はな」

民部は又三郎が殺されたことを告げた。

突然のことで、

「殺された……あの人が……。そんな……」

お梅は又三郎の死を受け入れることができないようだ。

「気の毒だが、本当だ」

民部はできる限り動揺を与えまいと、言葉を選ぼうとしたが、又三郎が殺された事実を動かすことはできない。

「そんな……」

お梅は土間にへたり込んだ。ついで両手で顔を覆って声を上げて泣き始めた。女房のお律とは対照的だ。又三郎への愛情が感じられ、民部は不謹慎だがほっとした。

民部と繁蔵はしばし、お梅が泣くに任せた。やがて、お梅が泣き止むのを待ってから、

「昨夜、又三郎はここに来るはずだったのだな」

民部が問うと、

「いいえ、知りません」

お梅はしゃくりあげながら答えた。

「おまえが、文を書いたのではないのか」

「文など出しておりません。このところ、大塩天狗の騒動がございますから、当分は来られないって、あの人は言っていましたし、あたしも物騒だから、来ないでって、言っていました」

「では、この文は何だ」

民部がお律から渡された文を示した。お梅は見ようともせずに、自分が書いたのではないと否定した。

「では、念のために、おまえが書いたものを何か見せてくれるか」

「字を確かめようとおっしゃるんですか」

お梅の目が尖った。民部がうなずくと、

「おあいにくさまですね。あたしは、読み書きができないんですよ」

お梅はきっぱりと言った。

「ならば、この文は誰が書いたのだろうな」

「あたしが知るはずないじゃありませんか」

お梅は横を向いた。

「ならば、日頃、読み書きが必要な時はどうしておるのだ」

「大家さんとか、誰かに頼むんですよ」

お梅は字が読めないことを白状させられたのが気に障《さわ》ったのか、恥じ入ったのか、不貞腐れたように口を曲げた。

「わかった。しかし、おまえの名前で又三郎を呼びだしたということは、おまえが又三郎に囲われていることを知る者の仕業ということになる」

民部の言葉など、お梅は耳に入らないような様子で、

「この先どうすればいいんですよ」

と、不安を民部と繁蔵にぶつけ始めた。今後の暮らしのことで頭が一杯になったようだ。

繁蔵が、

「武蔵屋さんから、いくらか手切れ金をもらえばいいじゃないか」

お梅は即座にかぶりを振って、

「そんなのくれるはずありませんよ。お内儀《かみ》さんは、それはけちだって、おまけに悋気《りんき》持ちだって、あの人、来るたびに愚痴《ぐち》を並べていましたよ」

お梅の言葉に疑いを抱くことはない。お律なら、一文も出さないだろう。

「この先、どうやって食べていこうかしら。あたし、貧乏になりたくない。貧乏

な暮らしはまっぴらだ。うまい物食べて、いい着物着て、お芝居を見て、もっと、もっと、楽しく暮らしたいよ」

お梅は又三郎が死んだ悲しみは何処へやら、わが身のことを嘆き始めた。民部は繁蔵と見交わした。浅ましいとは思わない。これが、お梅の本音なのだろう。又三郎に囲われたのも、きっと、暮らしぶりに引かれてのことに違いない。又三郎はお梅に愛情を抱いたのだろうが、お梅のほうはそうでもなかったということだ。

商い一筋、生まじめに生きてきた又三郎が摑んだ幸せは、自らの死によって絶たれてしまったが、お梅にしても、自分はあくまで囲われ者だと割り切っていたということだ。

「どうすりゃいいんですよ」

お梅に訴えかけられ、民部が持て余していると繁蔵が、

「芸者に戻りゃ、いいじゃないか」

お梅はかぶりを振り、

「今更、戻りたくありませんよ。芸者が嫌で囲われ者になったんですからね」

「なら、口入屋にでも行くこったな」

「口入屋……、女中奉公しろってんですか」

お梅はむくれた。

「地道な暮らしが一番だが、そうしたくはないのかい」

「したくないですよ。だから、あんな冴《さ》えない、真面目だけが取り柄の男の囲い者になったんじゃありませんか」

お梅はさばさばとしている。

死んだ又三郎が憐《あわ》れに思えてくる。

「だから、妾《めかけ》の口を頼むんだよ。口入屋じゃ、妾の斡旋《あっせん》もやっているんだぜ」

お梅は手を打った。

繁蔵の言葉を民部が引き取り、

「おまえの好きにすればいいが、せめて、又三郎の冥福を祈ってからにしてやったらどうだ」

お梅は考えこんでいたが、

「そうですね。なんてったって、あたしを身請けしてくれたのは、武蔵屋の旦那ですからね。感謝しなきゃ。でもね、冥福を祈ろうにも、お通夜にも出してもらえませんよ」

「心の中で祈ればよいではないか。後日、墓参して線香の一本も供えればいいさ」

民部は言った。

すると、お梅は口の中でぶつぶつと呟いていたが、

「そういえば」

と、何事か思い出したようだ。

民部が視線を向けると、

「昨日の晩、来客があったんですよ」

「誰だ」

「新川の米問屋で布袋屋のご主人です」

「大五郎が……」

民部は繁蔵と顔を見合わせた。

「これまでにも、何度か訪ねていらしたんですよ」

「どんな話をしていたのだ」

「よくわかりませんけど、商いの話です」

「どうしてここで商いの話などするのだ」

「そんなこと知りませんよ」

お梅は渋面を作った。

三

思いもかけず、布袋屋大五郎の名前が出てきた。民部も繁蔵も唸ってしまう。

一体どういうことだ。

お梅の家を後にして、表に出た。強い日差しを避けるため、民部は右手で庇《ひさし》を作りながら、

「布袋屋大五郎が、お梅を騙《かた》って武蔵屋又三郎を呼び出したのかもしれぬな」

「じゃあ、大塩天狗は布袋屋大五郎ってことですか」

繁蔵は即座に返した。

「わからん。決め付けはよくない」

「でも、大五郎が大塩天狗だって考えると、しっくりときますぜ」

大五郎が大塩天狗であれば、自分が狙われる心配がないと思い、商いに精進できるだろう。しかし、あの大五郎の人柄、誠実な商人、貧しい者の味方という人

物像と人殺しという陰惨さは一致しない。もちろん、人は見かけによらないし、素顔を仮面で隠している者も多い。罪を犯す者には珍しくないことだ。

だが……。

「青山の旦那は、不服そうですね。得心がいかねえってお顔ですぜ」

繁蔵は言った。

「どうもなあ……」

「人は見かけによりませんよ」

おまえに言われなくてもわかっているという思いを胸に仕舞って、布袋屋へと向かった。

布袋屋へとやって来た。

今日も大五郎は店先であれこれと指図を送っている。民部と繁蔵に気づき、にこやかに頭を下げてきた。それから、首に巻いた手拭で汗を拭い、

「ご苦労さまでございます」

と、頭を下げる。

「精が出るな」

「お客さまあってでございます」

「この暑いのに、よく頑張るな」

ついい、世間話から入ってしまう。

「それは、お互いさまでございます。それに、夏は暑くなくてはなりません。今年は、飢饉は御免です。お天道《てんと》さまに感謝ですよ」

大五郎の笑顔に玉のような汗が光る。

「まったくだな」

中々切り出せない民部に代わって繁蔵が、

「旦那、ゆんべ、どちらへ行っておられましたか」

と、切り込んだ。

大五郎の視線が揺れた。それを動揺と受け止めた繁蔵は、

「どちらですか」

と、畳み込む。

「どうして、そんなこと……お尋ねに……」

「芝三島町のお悔って女の所じゃねえんですか」

繁蔵は詰め寄った。

「ちょっと、待ってください」

大五郎は、ここではなんでございます、と言い、この先に茶店があるからそこで待っていて欲しいと頼んだ。

「茶店ですか」

繁蔵は疑いの目だ。逃亡することを恐れているのだ。

「わかった。待つ」

民部は大五郎を信用し、茶店へと足を向けた。繁蔵は不満顔で立ち止まっていたが、

「おい」

民部が繁蔵の袖を引くと渋々という顔で歩き出した。

茶店に入る。

葦簾《よしず》が日光を遮るものの、木漏れ日が差し、店内に斑《まだら》模様を作っていた。繁蔵が心太《ところてん》を頼み、

「旦那、甘いんじゃねえですか」

「大五郎はやって来るし、大五郎は大塩天狗ではない」

「どうして言えるんですよ」

「おれは信じる」

民部は自分でも意地になっていることがわかった。

「あっしゃ、知りませんよ」

繁蔵は言うと、女中が運んで来た心太を受け取り、民部に手渡した。食欲はないが、心太の冷たさと酸味が涼を感じさせ、つるつると喉《のど》を通った。

民部の願いが通じたのか、心太を食べ終えたところで、大五郎がやって来た。

「お待たせしましてすみません」

大五郎は丁寧に詫びると縁台に座った。民部が、

「武蔵屋又三郎が殺された」

大五郎の双眸《そうぼう》が大きく見開かれた。

「ま、まことでございますか」

民部が返事をしなくても、こんな嘘をつくことはないと判断したようで、

「なんてこった」

大五郎は何度も首を横に振った。その姿に偽りは感じ取れない。

「お梅が、又三郎の囲い者であることは知っているな」

「はい」

「昨晩、お梅の家を訪問したな」

それにも大五郎は大きく首肯した。

「何故、訪問したのだ」

「又三郎さんと話をするためです」

大五郎は又三郎と、今後、飢饉に備えて米問屋が一定の割合で米を出し、無償で困った人々に配れるようにしようと話をしたのだという。又三郎は賛同し、組合で話すと約束してくれたという。

「ところが、組合では却下されたようなのです」

又三郎は頭から否定され、しょげていたという。

「しかし、わたしは何としても実現したかったし、米問屋全体でできないのなら、布袋屋と武蔵屋だけでも、まずは始めてみようじゃないかと持ちかけたのです」

しかし、又三郎は及び腰になったという。どうやら、組合から圧力をかけられたらしいのだ。

「わたしは又三郎さんを説得しようと思ったのです」

しかし、又三郎は大五郎の呼び出しを無視するようになったのだった。

「それで、卑怯な手とは思ったのですが、お梅さんの名前で文を出しました。お梅さんの家では何度か、商いの話をしておりました」

大五郎は又三郎の立場を考えてのことだという。又三郎が組合からは敵視されている大五郎と二人きりで会うことを思い、密談ができる場所、それに、又三郎が少しでも多くお梅と過ごせる場所ということで、お梅の家で話し合いを行っていたのだという。

「ところが、昨晩は、又三郎さんはいらっしゃらなかった。あまり長居するわけにもいかず、お梅さんの家を後にしました」

大五郎は、自分がそんな姑息な方法で又三郎を呼び出したから命を失ったのだと、激しく嘆いた。

「今更、嘆いても仕方ないですがね、それでも、わたしが余計なことをしなければ、又三郎さんは、こんな目には……」

繁蔵は思案をしていたが、

「こら、大塩天狗の仕業ですぜ」

さっきまでは、その大塩天狗の正体は大五郎だと信じていたのに、今は、大五郎は大塩天狗にあらずと確信しているようだ。変わり身の早さには呆れるが、民部とて大五郎の疑いが晴れたことはうれしい。

いや、疑いが晴れたわけではない。大五郎の言葉を信じているだけだ。冷静に考えれば危ういことだが、大五郎を信じてもいいような気がする。

「大塩天狗の仕業でございましょうか」

大五郎に聞かれ、

「状況はまさしく大塩天狗だということを表しておる」

「だとしましたら、大塩天狗も大したことはございませんな。とんだ見込み違いでございます。又三郎さんは、決して暴利をむさぼるようなお方ではありません。大塩天狗はこれまでに、暴利をむさぼる米問屋を殺してきたのです。それが、又三郎さんを殺すとは、これはもう大きな間違いでございます」

大五郎の言う通りである。

「大塩天狗、焦っているのかもしれませんや」

繁蔵が言った。

「焦る……」

民部は首を捻った。

「五人殺してから、町奉行所の警護が厳重で、手出しできねえでいたでしょう。そんな最中、大塩海賊ってのが登場しやがった。大塩天狗にしてみたら、これはとんだ好敵手が現れたって、焦ったんだと思いますよ」

「大塩海賊への対抗心から武蔵屋又三郎を殺したのか」

「きっとそうですぜ」

「それにしては、よく、又三郎の動きがわかったものだ。狙いをつけておったことになるぞ」

「つけていたんですよ」

繁蔵得意の思い込みという気がするが、大塩天狗ではないという根拠は、又三郎がこれまでに殺された連中と違って暴利をむさぼる米問屋ではないということに過ぎない。いかにも根拠薄弱である。

「大塩天狗の野郎、ここまでつけ上がりやがったら、もう我慢できないぜ、容赦《ようしゃ》しねえ」

繁蔵は腕まくりをした。

「まあともかく、調べを続けなければな」

民部は言葉に出すことで己を鼓舞した。

「わたしも知らん顔はできませんね」

大五郎も武蔵屋又三郎が殺されたことに、責任を感じているようだ。そんな大五郎に繁蔵は危うさを抱いたのか、

「布袋屋さん、用心しなくちゃいけませんぜ。大塩天狗は見境なく殺しをするかもしれませんからね」

「わたしの身はどうなってもかまいません」

大五郎は意地になっている。

「それは間違いだ」

民部は珍しく強い口調となった。

「そうですよ、命は大事にしなくちゃ」

繁蔵も言い添える。

四

民部と繁蔵は大五郎と別れ、茶店を出た。

「これで振り出しですね」

繁蔵が言った。

「そういうことだな。だがな、ちょっと気になることがある」

民部は言った。

「なんです」

「武蔵屋又三郎を殺したのは、まこと大塩天狗であろうか」

「旦那は、大塩天狗の仕業じゃねえって、お考えなんですか。でも、状況は……」

「見せかけているのかもしれぬではないか」

「そうも考えられますがね。今回は、大塩天狗が狙いそうな米問屋ですぜ。組合に入っていたんですから。ただ、大五郎に言わせると、又三郎は他の組合に所属する米問屋とは違うそうですがね、大塩天狗からすれば同じ穴の狢《むじな》に見えたのかもしれませんや」

繁蔵は強く主張した。

「わたしはその考えには、違和感を覚える」

「ですから、大塩天狗からすれば……」

繁蔵が反発するのを制し、

「傷口だ。又三郎の傷口はこれまでの五人と明らかに違っていた。五人は首筋に天狗の爪のような跡が残されていたのに対し、又三郎は額を砕かれていた」

「そりゃそうですがね、じゃあ、こうも考えられませんかね。大塩天狗は複数いる」

「五人を殺した大塩天狗と、又三郎を殺した大塩天狗がいるというのか。それこそが、又三郎を襲った者は大塩天狗を騙る者ということになるぞ」

民部に言われ繁蔵は唸った。思案してから、日輪を眩《まぶ》しげに見上げて、

「処置なしだ。ってことは、何人もの大塩天狗を追いかけることになりますよ」

と、両手を広げた。

そこへ鳶職の熊次郎がやって来た。

今日は仕事の途中らしく、鳶口《とびぐち》を持っている。長い柄の先に、トビの嘴《くちばし》のような鉤《かぎ》を付け、建物を引き倒したり、丸太を動かしたりする道具である。

「噂を耳にしたんですがね、武蔵屋さんが殺されなすったとか」

熊次郎は声を潜めた。

「大塩天狗だ」

繁蔵が返事をすると、

「へえ、大塩天狗」

熊次郎は一瞬、驚いたようだがすぐに、

「やはりですか」

と、言い直した。

「どうした、何かあるのか」

民部が問いかけたところで、

「いえ、このところ大塩天狗、なりを潜めていましたんでね、ちょっとびっくりしただけです」

「大五郎は武蔵屋又三郎と親しくしていたそうだな」

「ええ、布袋屋の旦那は武蔵屋の旦那のことは信頼していらっしゃいました」

又三郎が奉公人から婿養子となって米問屋の主人になったこと、飢饉に際して米の値が高騰した際、布袋屋大五郎は貧しい者たちに米を無償で提供したが、又三郎も密かに大五郎に協力してくれていたという。

「組合や女房に隠れてこっそりとですから、大した量ではないと謙遜《けんそん》しておられましたが、布袋屋の旦那はとても感謝しておられましたよ」

熊次郎は言った。

「大塩天狗に狙われるような男ではないと思っておるのだな」

民部が問うと、

「そうなんですよ」

熊次郎は返事をしてから、

「こら、大塩天狗の仕業じゃねえんじゃないですかね」

と、断定した。

「実はわたしもそう思う」

民部は言った。

繁蔵が、

「布袋屋の旦那、しっかり守ってやりなよ。大塩天狗を騙る奴が命を狙うことだってあるからな」

「そうですね。用心しますよ」

熊次郎は目を輝かせて立ち去った。

鳶口の鉤が日輪に反射し、民部の目を射た。

――そうだ――

民部の脳裏を稲妻が走る。

「大塩天狗がわかったぞ」

繁蔵が黙って見返した。

「熊次郎だ。武蔵屋又三郎以外の者たちは、みな天狗の爪痕のような傷が残っていた。鳶口を振り下ろせば、そんな傷ができるだろう」

「そらそうかもしれませんがね」

繁蔵は半信半疑のようだが他に手がかりがないとあって、まずは捕まえましょうと勇んだが、

「証がない」

「なら、どうするんですよ」

「泳がせる、熊次郎は必ず動く」

民部の視線の先に、陽炎に揺らめく熊次郎の後ろ姿があった。

その頃、磐梯、光、玄栄の三人は音羽《おとわ》の護国寺《ごこくじ》の境内で藤沢監物と会っていた。

「武蔵屋又三郎、始末してまいりました」

磐梯が報告する。

「ご苦労」

藤沢はさして関心を示さない。

「でも、あんなの殺したってなんにも楽しくないわ」

光は退屈そうに手車を操った。

「もっと、骨のあるの殺したいね」

玄栄も不服そうだ。

「まあ、待て。先般も申したように、大物を用意しておる」

「焦らさないでくださいよ」

光が言う。

藤沢は表情を変えることなく、

「老中水野越前守忠邦」

磐梯は表情を引き締めた。

「水野か、こらいいや」

光は手を打ち鳴らし、玄栄はぽかんとしている。磐梯が玄栄に水野が日本の宰相であると教えた。それで玄栄も納得したようで顔を輝かせた。

「水野が死ねば、松根が老中に昇格する。松根が文字通り幕政を担うことになるのだ。さすれば、我は松根を操りこの国を牛耳る」

「面白い」

光はきゃあきゃあ騒いだ。

「ところで、海賊ども、どうしておる」

「自分たちの立場もわからず、ひたすら喜んでおります」

磐梯は言った。

「おまえたちが、そそのかして商家を襲わせる企てに食いついておるが、越前屋の寮では大人しくしておろうな」

「大丈夫です」

磐梯が言う。

「いくら、越前屋が御公儀の御用商人、わけても松根壱岐守と親しいと申しても、あまりに騒げば周囲に目立つからな」

「わかっております。これから、様子を見てきます」

磐梯が言った。

「しかと、しておけ。間もなく、大江戸警護組が退治する。退治されるまでは大事にせねばならんからな」

藤沢は言った。

「承知しました」

磐梯の指揮で光と玄栄は立ち去った。

藤沢は木陰にたたずんだ。そこへ、恰幅《かっぷく》のいい商人がにこやかに歩み寄って来た。

「越前屋殿、色々とお手数をおかけします」

藤沢の態度、言葉遣いは三人に見せたものとは一変している。塾生たちに語りかける時のように穏やかで丁寧だ。

「とんでもございません」

越前屋兵右衛門は慇懃《いんぎん》に挨拶をした。

「今後も、よき付き合いができそうです」

藤沢は爽《さわ》やかな笑顔を浮かべた。

「先生、そんな堅苦しいことはおっしゃらないでください。こちらこそ、望みを叶えてくれました」

「武蔵屋又三郎如きでよろしいのですか」

「まずは、あ奴は邪魔者でした」

兵右衛門は、又三郎が組合の意向に反して布袋屋大五郎に加担しそうになったことを危ぶんでいた。

「米問屋の結束を乱す男。それに、水野さまに食い込もうとしましたからな」

老中水野忠邦は批判にさらされていた。米価高騰で苦しむ大坂から江戸に米を回した大坂東町奉行跡部は水野の実弟である。水野の命令で跡部が行ったのではなく、跡部が出世したくてやったことなのだが、世間はそうは見ない。

江戸への米廻送は、水野の命令だと思われた。

「水野さまは批判の矢面に立たされ、おまけに松根さまの台頭、ここらで人気取りをせんと、布袋屋大五郎と武蔵屋又三郎の提言を受け入れて、米問屋から一定量の米を徴収して米の備蓄と、米価を押さえ込もうとなさっておられます。このままでは、わたしどもの立つ瀬がありません」

兵右衛門が言った。

「大塩天狗のふりをして、わたくしの配下に始末させました。あとは、布袋屋を始末しましょう」

「お願い申し上げます」

兵右衛門は頭を下げてから、大塩天狗とはひょっとして布袋屋大五郎ではないかと言った。

「可能性は否定しませんが、それはどうでしょうね。大五郎とはどのような男ですか」

「正直の上に馬鹿がつくといいますか、商い一筋、生まじめで弱い者の味方を気取っております。せめて、又三郎のように妾の一人も囲っておれば、というくらいの堅物ですな」

「人殺しをするような男ではないということですな」

「まさしく」

「いや、そうとも申せません。むしろそういう男は、自分の信念というものを持ち、持つだけではなく信じておりましょう。その信念が時として狂気と化し、殺しに走ることは十分に考えられます」

藤沢の口調は冷静であるだけに、かえって不気味さを帯びていた。

「ではやはり大五郎……」

兵右衛門は自分の首筋を触った。

「あるいは、大五郎の意向を受けた者。大五郎が目指す米の備蓄を妨げる米問屋組合を、排除したいということを実行しておるかもしれませぬ」

藤沢は言った。

五

その日、飯塚宗十郎が訪ねて来た。千代は遠慮して居間から出て行った。

「大塩海賊の隠れ家、わかったぞ」

飯塚が得意げに言う。

「何処ですか」

「護国寺の裏手にある荒寺だ」

「確かですか」

「間違いない」

飯塚は自らの指を引っ張った。おれを信用しろと言っているようだ。

「よし」

具体的な目標が定まってみると、俄然、寅之助は全身の血がたぎった。

「しくじるな。相手は大塩海賊だ。西洋式の武器を手にしておるからのう」

「なんの、恐れてなるものですか。まさかとは思いますが、海賊の中には大塩平八郎が含まれておるかもしれぬそうですからな」

寅之助は失笑を漏らした。

「よもやあり得ぬとは思うが、万が一にも、大塩平八郎が紛れておるとしたら、これはもう、大変な手柄であるぞ」

飯塚が興奮した。

「そんなことはないと存じますがな」

「ま、望みは大きい方がよい」

飯塚は言った。それから、思い出したように、

「そうじゃ、若年寄松根壱岐守さまが急速に力をお持ちになった事情じゃがな、おぼろげにわかってきたぞ」

さすがは飯塚である。耳聡く、情報を収集してきたのであろう。

「やはり、大塩平八郎絡みであった。大塩平八郎という男、町奉行所の与力としても腕利きであったそうな」

「単なる学者ではなかったのですな」

「そうじゃ」

飯塚が言うには大塩平八郎は大掛かりな無尽《むじん》を摘発したのだという。

無尽とは、鎌倉時代から始まった金融の一種で、頼母子講《たのもしこう》とも呼ぶ。親と称する発起人が仲間を募り、講を形成する。講では、一定の金を一定期間出し合い、入れ札により、当たった者が掛け金の総額を受け取る。初回は親が、二回目以降は抽選で当選者が落札する。落札者はそれ以降、当選の権利を失い、掛け金のみを出す。こうして、講の全員が当選したところで、解散する。

無尽自体は不正ではない。

しかし、不正無尽は横行していた。

大塩は不正無尽を摘発していたのだ。たとえば、相模《さがみ》国山中《やまなか》藩主大久保《おおくぼ》出雲守《いずものかみ》が大坂の商人と組んで行った不正無尽は次の通りである。

無尽には二百七十人が参加し、年三回、三年で九回の入れ札が行われた。一回の掛け金は一両、九回で二千四百三十両が集まった。通常の無尽では、各講中に公平に分配されるのだが、ここではくじ引きが実施された。毎回、一等二十三両が二本、二等十二両が二本、三等五両が一本、四等二両が二十五本、九回で二百七十本の当選くじが出る。

一見して、二百七十人全員に金が分配されるようだが、宝くじまがいのことが行われているのである。民間において宝くじは禁止されている。しかも、この場合、無尽元が参加者に払い戻す金は諸経費を加えても千七百二十三両三分であった。差額の七百六両一分は無尽元の懐に入ったわけだ。

大塩はこれを不正無尽として告発しようとした。

「しかも、こうした不正無尽、幕閣のお歴々も手を染めておるということじゃ」

大塩は幕閣の不正無尽を告発すべく弾劾状を整えたそうだ。

「その訴状は江戸には届かなかった」

幕閣たちはほっとしたという。

「ところがじゃ」

飯塚は言葉を止めた。寅之助が身を乗り出す。

「大塩平八郎が摘発しようとした不正無尽に関する証拠を握った男が現れた。それが……」

「藤沢監物ですか」

藤沢は大塩平八郎の洗心洞にいた。大塩が乱を起こす十日前に、去っている。

「藤沢は幕閣の不正無尽の証を持って大塩の下を去ったのですか」

「松根さまは伏見奉行、大坂定番を経て若年寄となられた。藤沢は松根さまが伏見奉行の頃より出入りし、学問を通じて親交を結んでおったという」

「藤沢は公家の出ということでしたな。松根さまが藤沢を受け入れたのは学識に加えて公家の血を気に入ってということもあったのでしょう」

「藤沢は松根さまと親しむことにより、いや、松根さまもお互い親交が深まるうちに野望を抱くようになったのだろう。藤沢が不正無尽の証を手に入れ、野望実現に向け二人は動き出したのじゃ」

藤沢の力の源泉がわかった。

「ならば、昨今の大塩平八郎に絡んだ騒ぎ、大塩天狗だの大塩海賊だの、さぞや幕閣のお歴々は心胆寒からしめておられることでございましょうな」

「まさしくじゃ。大塩め、滅んでもなお、天下を揺るがしておる。死せる孔明《こうめい》、生ける仲達《ちゅうたつ》を走らす、という次第だ。藤沢は大塩の影をちらつかせ、不正無尽の証拠で脅《おど》し、己が権勢を拡大してきたということだ」

「うまいことしましたな」

「馬鹿、感心しておる場合か」

飯塚は鼻白んだ。

「ともかく、大塩海賊、見事討ち果たせ、よいな」

「心得ました」

「よし、これで、寅之助の大番復帰は叶ったも、同然」

飯塚は早くも事は成就したかのように、満足そうに居間から出て行った。

ともかく、大塩海賊の隠れ家がわかったということは、あとは襲撃するばかりである。

と、そこへ折りよく、

「御免」

龍太郎が訪ねて来た。

龍太郎は肩を怒らせながら居間へ入って来た。

「おお、いいところに来た、大塩海賊の隠れ家がわかったぞ」

すると龍太郎も、

「おれもそれを知らせに来た」

と、言った。

「何処だ」

「護国寺の裏手にある荒寺だ」

飯塚の情報と一致した。これで、裏が取れたことになる。

「やはりな。で、お主、どうしてそのことがわかったのだ」

「死んだ滑川吉之助が同僚に言っていたそうだ」

「滑川が……」

寅之助は滑川が藤沢塾にいたことを思い出した。

「その滑川だがな」

龍太郎は滑川吉之助が、湊稲荷の人造富士から足を滑らせて死んだことを話した。

「それがのう、どうも怪しい」

龍太郎は滑川の死に不審があると語った。

「なるほどな」

「滑川は藤沢に心酔しておったようだ。大江戸警護組にも加わりたいと願っておった。藤沢を訪ねてから死んだとなると……」

龍太郎は疑いの余地はないと強い口調で言った。

「藤沢が怪しいな」

寅之助も確証はないが、藤沢が滑川の死に関係していると思った。

「大塩海賊を退治してやれば、藤沢の鼻をへし折ることができる」

龍太郎は勇んだ。

寅之助と龍太郎は護国寺の裏手にある荒寺へとやって来た。

なるほど、怪しげな連中の巣窟のような気がする。山門は崩れ落ち、練塀は穴が開いていて、塀の用を成していない。境内は雑草が生い茂り、本堂は跡形もなく、庫裏《くり》はかろうじて形をとどめているものの、屋根に瓦はなく、雨戸もなかった。

ところが、庫裏から灯りが洩れていた。遠くからでも人の声が伝わってくる。

「いるぞ」

寅之助はつい舌なめずりをしてしまった。

「様子を見る」

龍太郎は慎重な姿勢を取った。

反発しようとする寅之助に向かって、

「西洋式の鉄砲を持っておるのだぞ」

龍太郎は言うと足音を忍ばせて境内を歩いて行った。庫裏の手前にある權木《かんぼく》に身を潜める。寅之助も潜んだ。藪蚊《やぶか》が飛んでいる。なんとも耳障りな羽音を聞くだけで、痒《かゆ》くなってきた。

それでも、音を立てるわけにはいかず、じっと我慢する。

庫裏の中では十人ばかりの男たちがたむろしていた。みな、単衣をだらしなく着崩しており、酒を飲んだり、サイコロ博打《ばくち》に興じたり、とまるで自堕落な様子である。あの連中が海賊だと言われれば、そんな気もするものの、緊張感がない。

「やるか」

寅之助は身体がうずいて仕方がない。

「待て、武器を確かめる」

龍太郎は慎重な姿勢を崩さない。

ご馳走《ちそう》を前にお預けを食らったようなものである。

二人は視線を凝らし、板敷きを見た。

すると、藪蚊に襲われる。反射的に寅之助は蚊を追い払った。その時、雑草を踏みしめ、草の踏まれる音がした。

「だ、誰でえ」

中の一人が叫ぶや縁側から庭に飛び降りた。

「行くぞ」

寅之助は最早、我慢できないとばかりに鐺を頭上高く上げた。

「野郎」

板敷きからどやどやと男たちが降りて来る。みな、やくざ者のようだ。龍太郎は抜刀した。やくざ者は十人余り、匕首《あいくち》や長脇差《ながわきざし》を手に殺到してくる。

寅之助は鐺の柄で敵の足を払った。

数人がばたばたと横転する。

龍太郎は峰打ちで敵を打ち据《す》えていく。

敵はたちまちにして、戦闘意欲を失い、

「勘弁してくだせえ」

情けない声を上げて降参した。草むらにひざまずき、両手を合わせて寅之助と龍太郎を拝んだ。龍太郎は庫裏に駆け込んだ。

寅之助は首領らしき男の襟首《えりくび》を摑むや、立たせた。

「武器は何処だ」

寅之助が怒鳴る。

「な、なんのこってすよ」

男は唇を震わせた。

「吐け」

「し、知りませんよ、なんのこってすよ」

男はわなわなと震えるばかりだ。龍太郎が庫裏の奥の部屋から出て来た。

「ない」

奥は畳敷き、そこは賭場であったという。

「てめえら、何者だ」

寅之助は怒鳴りつけた。

「何者って……、見たとおりのやくざ者ですよ」

「大塩海賊ではないのか」

「大塩海賊……」

男は目を白黒させた。寅之助が手を離すとどすんと尻餅をついた。

「大塩海賊だなんて、あっしら物騒なもんじゃござんせんぜ。けちなやくざ者でさあ」

男はこの荒寺で賭場を開いているのだという。その様子に嘘は感じられない。

「嘘じゃなさそうだぞ」

龍太郎は言った。

「そうだな」

寅之助は大いにため息を吐いた。

「やられたな」

龍太郎の言葉は短いが、これは藤沢監物の策略に嵌《はま》ったということだろう。

「引き上げだ」

寅之助が言うと、

「ちょっと、旦那方、勝負してってくださいよ」

やくざ者に引きとめられた。

「馬鹿、そんな暇はない」

寅之助はぴしゃりと返した。

「そんなことおっしゃって、負けるのが怖いんでしょう」

男は自分たちの疑いが晴れたと思ったのか図々しくなった。

「怖くなんかあるもんか」

寅之助も応じた。

「なら、勝負ですよ」

男は寅之助の返事を待つことなく壺《つぼ》にサイコロを二つ入れて振った。

「やらんと申しただろう」

寅之助が言ったにもかかわらず、

「一両勝負、一回だけですよ」

男は壺を振り続けた。寅之助は鬱陶《うっとう》しくなり、

「一回だけだぞ」

「なら、あっしからいきますよ」

「言え」

「半」

男は壺を置いた。

「丁」

寅之助は応じた。

「勝負」

男は言うと壺に手をかけた。やる気のない寅之助だったが、勝負の行方となると気にかかった。

壺が開けられた。

「四、三の半」

男は満面に笑みを広げた。

「さあ、旦那、一両だ」

男は右手を差し出す。

「なんだと」

寅之助は怒鳴ったが、

「武士に二言はなし、じゃねえんですか」

男は言う。

それはそうだ。いくらやくざ者相手とはいえ、うっかり乗ってしまった自分が悪い。しかし、一両はない。

すると龍太郎がサイコロを拾い天井に向かって放り投げた。

「てや」

抜く手も見せずとはこのこと、龍太郎の大刀は空を斬り、目にも留まらない速さで鞘《さや》に戻った。

二つのサイコロが真っ二つに割れ板敷きに転がった。

「ひえ」

男はわなわなと唇を震わせた。

サイコロには鉛《なまり》が詰めてあった。

「行くぞ」

龍太郎に言われ寅之助は板敷きを後にした。


寅之助と龍太郎がやくざ者と争っていた頃、磐梯、玄栄、光の三人は荒寺から一町（約一〇九メートル）ばかり離れた場所にある、越前屋の寮にいた。生垣を巡らせた、瀟洒《しょうしゃ》な屋敷は米問屋組合の肝煎りにふさわしい建物で、ここが大塩海賊の巣窟などと思う者はいない。

三人は海賊たちが、母屋の座敷で飲み食いや博打に興じている様を確かめると、庭の植え込みに潜んだ。

「そろそろだよ」

光がうれしそうに言う。

磐梯がうなずく。

そこへ、

「大塩海賊、成敗してやる」

と、緒川正二郎率いる大江戸警護組が雪崩《なだれ》込んで来た。その数は正二郎を入れて十人。全員が、陣笠を被り、黒小袖に黒の裁着《たっつ》け袴、最新式のゲベール銃を携えている。ゲベール銃は火縄ではない雷管式の銃で、銃剣を装備することができる最新式である。火縄銃に比べ、暴発の心配がないため、隊列を組んでの行動に適していた。

母屋からどたどたと男たちが出て来る。総勢二十人程だ。男たちの手にもゲベール銃がある。

しかし、大江戸警護組は準備万端、海賊たちは急襲されて泡を食っている。いくら、最新式の武器を持っていようが、無用の長物だ。

「撃て！」

正二郎の掛け声と共に、ゲベール銃が火を噴いた。

海賊たちがばたばたと倒れてゆく。

大江戸警護組は整然と、弾込めを行い、冷静に狙いを定め、確実に仕留めていったが、海賊たちもさるもの、いち早く危機から逃れようとする者たちは、争いに加わらず、裏門へと走って行く。

磐梯、玄栄、光が彼らを追った。

裏門を出たところで、五人の海賊に追いついた。

「ああ、あんたらか、どうしたんだ。ここは、安全じゃなかったのかい」

海賊の一人が言った。

「安全だったさ。今の今まではな」

磐梯は薙刀を振るった。

男の首が飛ぶ。

「ひぇえ」

四人の口から悲鳴が上がった。

「二人、ずつだよ」

光は玄栄に言う。玄栄は舌で唇を舐めると、背負っていた青龍刀を抜き放った。

光は懐から手車を出す。手車を操る姿は子供のように生き生きとしていた。

「それ」

光の手から手車の玉が飛ぶ。海賊の額が打ち砕かれる。

「死ぬね！」

玄栄の青龍刀が月光を弾いた。次の瞬間には、肉が切り裂かれ、骨が断たれる鈍い音が夜風に響く。

海賊たちは声すら上げることなく絶命した。


「今の音」

龍太郎が言った。

夜空を銃声が震わせている。

「近くだな」

寅之助は銃声がした方を見た。龍太郎は駆け出す。寅之助も続いた。

「これは、寺坂殿」

大塩海賊退治を終えた正二郎が言った。背後に大江戸警護組が控えている。

「大塩海賊、討ち取りましたぞ」

正二郎は誇らしげだ。

「何処におったのだ」

寅之助が詰め寄る。

「越前屋の寮だ」

「越前屋の……」

「越前屋から藤沢先生に通報があった。しばらく使っていない寮に、最近、怪しげな者たちがいる、と」

越前屋兵右衛門は、これまでにもやくざ者が勝手に賭場にしていたから、今回もそうだろうと思っていたが、念のため藤沢に報告した。藤沢は探索し、大塩海賊の巣窟となっていることを突き止めた。

「大塩平八郎はおったのか」

「おるはずなかろう。みな、ごろつきのような者たちだ。分不相応の武器を持っておったがな。いくら、最新式の西洋銃を持とうが、あいつらには猫に小判だった。鍛錬された我らの敵ではない」

正二郎はゲベール銃を示した。

「猫に小判か、なるほどな」

「寺坂殿、遠からず大番は無用の長物と化す。どうじゃ、大江戸警護組に加わらぬか」

即座に断ろうとしたが、

「まあよい。よく考えてみよ。但《ただ》し、時はないぞ。なにせ、希望者殺到だからな」

返事を待たずに、正二郎は意気揚々と引き上げて行った。

「おのれ」

寅之助の歯軋《はぎし》りが虚《むな》しく響いた。

第五章　嵐の決闘

一

寅之助と龍太郎は気分が収まらない。

どちらからともなく、一杯飲むかと誘った。上野池之端《いけのはた》で縄暖簾を探した。目に付いた店は、主人と思しき初老の男が暖簾を取り込もうとしていた。寅之助が一杯だけ飲ませてくれと無理を言って中に入れてもらった。店内には、看板だというのに、まだだらしなく飲んでいる酔っ払いが数人残っていた。

「酒、冷やでかまわん」

寅之助は主人に頼み、入れ込みの座敷に上がる。すぐに徳利《とっくり》が運ばれて来た。酒だけ頼んだのだが、主人は気を利かしてするめを炙《あぶ》ったものを添えてくれた。

湯飲みに酒を注いで黙々と飲む。戦いで火照《ほて》った身体と心が和らいでゆく。しかし、欺《あざむ》かれた悔しさが涌いてくる。

「やられたな」

寅之助が言うと、

「緒川正二郎の得意げな顔、思い出しても腹が立つ」

龍太郎の顔が悔しげに歪んだ。

「それにしても、これで大番の評判は、一段と厳しいものになるぞ」

「そうだな」

龍太郎は湯飲みを口に付けて考えこんだ。

「藤沢監物、幕政を牛耳ろうとしているようだな。なにせ、大塩平八郎が残した不正無尽の証がある」

寅之助は言う。

「このままでは藤沢の思う壺だ」

龍太郎も危機感を募らせた。

寅之助はしばし思案の後、

「入ってみるか……」

「なんだと」

龍太郎が顔を上げる。

「大江戸警護組に加わってみるのだ」

「馬鹿な真似はよせ」

「懐に入り込むのだよ」

寅之助はにんまりとした。

「本気か」

「ああ、本気だとも。いいか、藤沢監物の裏の顔、あいつには必ず裏の顔があるはずだ。その顔を暴いてやる。それには、相手の懐に飛び込むに限る」

「危ういぞ」

「虎穴に入らずんば、虎子を得ず、だ」

寅之助は盛大に笑った。

明くる十三日の朝、寅之助は飯塚の訪問を受けた。

「しくじったようじゃな」

飯塚は苦い顔をした。

「まあ」

「うまうまと、大江戸警護組に手柄を持って行かれたそうではないか」

いかにも、寅之助の不手際を揶揄《やゆ》しているが、それは飯塚が偽情報を摑まされたからでもある。

「舅殿、舅殿が教えてくださった、音羽の荒寺、とんだひっかけでありました。うまうまと乗せられたのは、舅殿ですぞ」

少しは飯塚にも反省してもらいたい。

「それはまあ……」

飯塚は痛い所を突かれ顔をしかめた。

「まるで、孫悟空《そんごくう》が、お釈迦《しゃか》さまの掌で弄《もてあそ》ばれたようなものですな。藤沢監物という男、やはり、一筋縄ではいきませぬなあ」

「わかっとるわい」

飯塚自身も自分がまんまと罠《わな》に嵌《は》められたことの悔しさを実感しているようだ。

「で、舅殿、わたしは大江戸警護組に入ろうと思います」

「なんだと……」

飯塚は口をあんぐりさせ、顔を真っ赤にして、

「この裏切り者め」

と、怒鳴った。

「まあ、待ってください。虎穴に入るんですよ」

藤沢監物の懐に飛び込み、藤沢の仮面を引き剝がす魂胆があってのことだと語った。

「気持ちはわかるがな、危険であることに加えて、おまえが大江戸警護組に加わったことが知れれば、おまえへの反発は大きくなるぞ。さすれば、大番復帰も難しくなる」

飯塚が言った時、千代が入って来た。

「大番復帰が難しいとは何事ですか」

たちまち、その言葉に反応したのは、いかにも千代らしい。千代にとっては、寅之助の大番復帰こそが重大事であり、それ以外のことは二の次、三の次なのだ。

「いや、そうと決まったわけではないのです」

寅之助があわてて否定しても、千代の心配は去らない。

「大江戸警護組に加わります」

寅之助が言うと、

「まあ」

千代は失神せんばかりとなった。

「ご心配いりません。ちゃんと、わたしなりの算段があってのことですから」

「そなたの算段だから余計に心配なのです」

千代に真顔で返され、

「大丈夫です」

「大丈夫のはずないでしょう。大江戸警護組と申せば、大番の仇《かたき》ではありませんか。百合殿が見合いした緒川さまと申されるお方、藤沢とか申す学者にたぶらかされて、それはもう御公儀をないがしろにする言葉を繰り返しておるとか。そのような、悪の巣窟に足を踏み入れてなんとするのですか」

千代の嘆きをよそに、

「わたしが染まることはありません」

「では、何のために大江戸警護組などに加わるのですか」

千代に真剣に目を凝らされ、

「神君家康公下賜の千鳥十文字鑓で天下を乱す者を退治するため、すなわち、寺坂家の家訓を果たすためでございます」

寅之助は堂々と胸を張った。

千代は飯塚と顔を見合わせた。飯塚は静かにうなずく。

寅之助は神田お玉ヶ池にある藤沢塾へとやって来た。

今日も活発な議論が戦わされていると思いきや、静かだ。庭先に回る。障子は開け放たれ、座敷を見通すことができた。藤沢が上座に座し、脇に緒川正二郎が座っている。その前に整然と侍たちが並んでいた。十人一組が五つ、すなわち五十人の侍たちだ。大塩海賊退治の場で見かけた者たちもいる。

寅之助が庭に立ったところで、正二郎が気づいた。

「おお、寺坂殿、よくぞ参られた」

「大塩海賊退治を目の当たりにし、おれも腹を決めた。大番などに復帰したところで仕方がない。藤沢先生、どうか、拙者を大江戸警護組に加えてくださらぬか」

寅之助は言った。

藤沢が立ち上がり、縁側に歩いて来た。縁側に立ち、寅之助を見下ろす。寅之助は藤沢の視線を跳ね返すように見返す。右手に持つ千鳥十文字鑓の石突《いしづき》で地べたを二度、ぽんぽんと叩いた。

「寺坂寅之助殿、無双の勇者ですか」

藤沢は静かに言う。

「拙者では役に立ちませぬか。時代遅れの戦国武者では」

寅之助は鑓をしごいた。日輪に穂先が眩しく輝く。藤沢は穏やかな表情で見ていたが、

「その武者ぶり、わが大江戸警護組に欠けておるものかもしれません」

そこへ正二郎もやって来た。

「先生、今、先生が申されたこと、先般の大塩海賊退治でわかりました」

正二郎はいかに最新式の鉄砲を持とうとも、その武器に頼り切ったがために、危ういところがあったことを言った。

「ですから、戦うにはまさしく戦国武者のような武者魂が必要であると、痛感致しました」

「まさしく、寺坂殿はそうした戦国武者の魂を持っておられます。是非とも、加

わってください」

藤沢は門人たちを振り返った。異存を差し挟む者はいない。

「では、本日はこれで解散致します」

藤沢が告げると、門人たちは立ち去った。正二郎と寅之助は残るように言われ、座敷で藤沢と向かい合った。

「いよいよ、御公儀においても、大江戸警護組が評価されました。これからは、大江戸警護組が江戸の治安はもちろん、将軍家警護も担うことになります」

すると、正二郎の顔が輝いた。

「言ってみれば、火盗改と大番、徒組を合わせたような役割となりましょう」

「それは凄い」

寅之助が返す。

藤沢はそれにには反応することなく、

「近々、上さまが寛永寺に参拝なさる。その警護を担うことになった」

「なんという誉れ」

正二郎は大きくうなずく。

「まこと、めでたい」

寅之助も言った。

「まさしく、大江戸警護組が天下に認められたということ。それだけに、みな、身を引き締めてもらいたい。ついては、寺坂殿にも警護に加わってもらいます」

藤沢の要請に、

「むろん、承知です」

藤沢の企《たく》みを危惧しながらも、次期将軍徳川家慶の警護とは、幕臣として大いなる誉れであった。

二

番町の屋敷に戻ると、千代はきつい顔で出迎えた。

「悪党どもに加わったのですか」

言葉少ない問いかけが、千代の怒りを物語っている。

「いかにも」

「ああ、情けなや。父上やご先祖さまに顔向けができませぬ。まったく、おまえは……」

千代は歯軋りし、凄い勢いで寅之助をなじる言葉を並べた。ひとしきり、批難させておいてから、

「近々、上さまが寛永寺に参拝なさいます。つきましては、その警護を大江戸警護組がおおせつかりました」

千代の顔がはっとなり、

「それで……、そなたも」

「はい、わたしも警護に加わります」

寅之助は胸を張った。

千代の表情が一瞬にして和んだ。寅之助が畳みかける。

「なんと名誉なことではありませぬか」

「いかにも、上さまの警護とはまさしく、幕臣としてこれ以上のお役目はございません。本当に、めでたきことにございます」

寅之助が言うと、千代は両手をついた。

つくづく現金な母だと思いつつも、

「まだ、お役目を担ったわけではございませんが」

「それはそうですが」

千代は喜びを味わっている。

少し、からかってやりたくなった。

「母上、上さまの警護に加わってもよろしゅうございますか」

「もちろんですよ」

「しかし、大江戸警護組に加わることになるのですよ。大番を裏切ることになるのですが、よろしいのですか」

さぞや困るだろうと思いきや、千代は一向に動ずることなく、

「かまいませぬ。よいですか、我ら直参旗本は、何のために禄を頂いておるのですか。全ては、将軍家をお守りするためです。大番はそのための役の一つに過ぎません。大事なことは、将軍家をお守りすることです。ましてや、寺坂家は神君家康公より、鎧を下賜された家柄ですよ」

まこと、理路整然と述べ立てた。

この母には勝てない。

「では、父上とご先祖さまに、ご報告しなくては」

千代は仏間へと向かった。

その頃、藤沢塾では、磐梯、玄栄、光が庭先で藤沢と面談をしていた。藤沢は上機嫌だ。

「おまえたちの働き、まことにあっぱれだった」

「先生の術だって冴えてたよ」

光は言った。

「まあ、これで、あとは仕上げる」

「水野かい」

光はうれしそうだ。

「いかにも。水野は上さまの寛永寺参拝に供奉《ぐぶ》する。そこを狙う」

藤沢は言った。

「楽しみだ」

玄栄は言った
「油断するな。これは遊びではない」

磐梯は釘を刺してから、藤沢に向き直った。

「ところで、水野を殺すのはわけもなくできますが、それが我らと知られては、いかにも都合が悪うございます」

「その辺のところは任せておけ。大塩天狗を利用してやる」

「大塩天狗、そういえばまだ捕まっておりませんな」

「大塩天狗の仕業、そして、大塩天狗を手助けするのは、寺坂寅之助というわけだ」

藤沢はにんまりとした。

「こら、益々、面白くなりそうだ」

光が言う。

「でも、大塩天狗が思い通りに襲撃を企てましょうか」

磐梯が尋ねる。

「そこは、それだ」

藤沢はにんまりとした。それを見た光が、これは先生に妙案が浮かんだ証だと言った。

「大塩天狗に働いてもらう」

「どのようにしてですか」

「大江戸警護組に対して、挑戦をしてもらう。すなわち、上さまへの挑戦でもある」

「ということは……」

　磐梯が言う。

「緒川正二郎を殺せ」

　藤沢は言った。

「あいつか」

　光はうれしそうに舌なめずりをした。

「よいのですか。緒川正二郎は先生の右腕ではありませぬか。大江戸警護組の組頭でございましょう」

　磐梯がいぶかると、

「だからよいのだ。それくらいの男が殺されたとあれば、大塩天狗への恐怖心は高まるというもの」

　藤沢はさらりと言ってのけた。

「しかし、緒川は先生に忠実無比、あのような男は殺すには惜しいと思いますが」

　磐梯の問いかけに、

「かまわぬ。代わりはいくらでもおる」

藤沢は冷然と返した。

「寺坂でございますか」

「寺坂は申したであろう。身代わりだと」

「そうでしたね」

光は、緒川正二郎という餌《えさ》を与えられて頭の中はそのことで一杯のようだ。

「では、緒川の屋敷へまいります」

磐梯が言うと、

「それには及ばぬ。緒川は間もなくここへまいる」

藤沢が言ったところで、

「先生、失礼します」

という声が聞こえた。

光は、

「飛んで火に入る夏の虫、とはこのことだね」

と、うれしそうな声を上げた。

程なくして、正二郎がやって来た。

「先生、内密のお話とは」

その声からして、自分は藤沢監物に特に目をかけられているのだという喜びに溢れていた。

が、それも束の間のことで、庭先に磐梯たちが立っているのを見て、

「何者だ、その方ども」

と、三人のうろんさに険しい表情を浮かべた。

「へへへ」

光が薄ら笑いを浮かべる。

「おのれ、うろんな奴らめ。先生に危害を加えようというのか」

正二郎は素早く庭へ降り立った。

「先生に危害を加えるのではないさ、あんたに加えるんだ。あんたを殺す」

光は手車を出した。

正二郎は、

「先生、中にお入りください。ここは、わたくしにお任せください」

と、縁側に立つ藤沢を振り向いた。

「わたくしは、ここにおります」

藤沢は至って冷静だ。

「なりません、どうぞ奥へ」

「見物するのですよ」

「見物……、で、ございますか」

正二郎がおやっという顔をする。

「おまえが殺されるところをな」

藤沢の声は野太くなり、言葉遣いも乱暴となった。そして何より、その表情が典雅な公家然としたものから、まるで夜盗のような凶暴さへと変貌していた。

「先生……」

正二郎は驚きの余り、後ずさった。

「やれ！」

藤沢は語調鋭く命じた。

「先生、まさか、あなたは」

「そうだ。おれは、天下を乱す。乱しに乱す。幕政を牛耳ってな」

「おのれ、たばかったか」

「馬鹿め」

藤沢は哄笑を放った。

「おのれ」

正二郎は抜刀して藤沢に斬りかかった。

藤沢は腰を落とし、右手を差し出す。

正二郎の身体が吹っ飛び、背後に着地した。立ち上がると磐梯たちに囲まれた。

「へへ、やってみな」

光が言う。

正二郎は光に向かって刀を突き出した。光はさっと背後に飛び退く。玄栄が青龍刀を担ぎ、凄まじい勢いで振り下ろす。正二郎は刀で受け止める。そこへ、光の手車が飛んで来た。

反射的に刀を向けると、刀に手車が絡んだ。ついで、引き寄せられると刀を奪い取られてしまった。

「ははは」

光は得意げに笑った。

正二郎はひるむことなく、懐中から短筒を取り出した。

「どうだ」

正二郎が言う。

磐梯たちの動きが止まった。

「藤沢、動くな」

正二郎は怒りの形相で藤沢を睨み付けた。

藤沢は臆することなく、宙を飛んだ。正二郎が引き金を引く。弾は藤沢をそれた。藤沢は着地するや右手を伸ばした。正二郎の身体がよろめいた。

そこへ、磐梯の薙刀が襲い掛かる。

正二郎の首が宙を舞った。

三

翌十四日の朝、神田お玉ヶ池の藤沢監物塾の門前に正二郎の亡骸と首が捨てられているのが見つかった。塩が撒かれた上に、大塩天狗からの書付が残されていた。そこには、大江戸警護組への挑戦的な言葉が書き並べられていた。

大江戸警護組など恐るるに足らず、我はこれからも不届き者に天罰を下す、という文面であった。

野次馬が騒ぐ中、藤沢塾の塾生たちが正二郎の亡骸を塾内へと運んだ。みな、呆然としている中、藤沢が静かに告げた。

「これは、大塩天狗の挑戦である」

塾生たちがざわめく。

そこへ、寅之助も駆けつけた。

「これは……」

寅之助は大座敷に横たえられた正二郎の亡骸を呆然と見下ろした。首と胴は合わされていたが、無惨な切り口が寅之助にすらも怖気を震《ふる》わせた。

「大塩天狗の仕業です」

藤沢が言った。

大江戸警護組の面々は唇を嚙み、中には悔し涙を浮かべている者もあった。

警護組の一人が、上さまの寛永寺参拝はどうなるのかと心配顔で尋ねた。

「むろん、行います」

藤沢は当然の如く答えた。

一人が心配そうな顔をすると、

「今こそ、大江戸警護組の真価を見せる時です。ここで、ひるんではなりません」

藤沢にしては強い口調である。

そこへ、

「御免くださいまし」

と、恰幅のいい男が入って来た。上等な紬《つむぎ》の着物に絽の夏羽織を重ね、正二郎の亡骸に手を合わせた。寅之助が警護組の一人に誰だと聞くと、ここの家主、越前屋兵右衛門であることを教えてくれた。

兵右衛門は正二郎の冥福を祈ってから、

「藤沢先生、わたしも黙ってはいられませぬ」

と、その決意を示した。

「越前屋殿が何か」

藤沢が聞くと、

「わたしは許せませぬ。大塩天狗が許せない。わたしたち、米問屋ばかりか、大江戸の治安を警護なさる緒川さまにまで危害を加えるとは……。こうなったら、わたしとて、米問屋組合の肝煎りを務めるからには、その沽券《こけん》というものがあります。いつまでも、怯《おび》えて引っ込んでなどいられません」

すると、藤沢が、

「その意気、大いによしと存じますが、どうするとおっしゃるのですか」

と、改まったように聞くと、

「わたしが標的となります」

一同にざわめきが広がった。

「元々、大塩天狗はわたしども米問屋を標的にしておったのでございます。それが、緒川さままで狙いました。この上は、いつまでも、のさばらせておくわけにはまいりません」

兵右衛門の口調が強くなった。

そこへ、門人の一人が文を持参した。

藤沢が文を広げる。

みなの視線が藤沢に集まった。藤沢はみなを見返しながら、

「大塩天狗から挑戦状です。きたる上さまの寛永寺参拝、なんとしても失敗に終わらせるそうです」

と、言った。

「おのれ」

「許さぬ」

「大塩天狗め」

一同から憤《いきどお》りの声が上がった。藤沢が静かに宥める。大塩天狗は参拝を妨害し、次期将軍徳川家慶の命を奪うと言っているのだ。まさしく、由々しき事態である。

「ものは考えようですよ」

藤沢が言った。

それまで沈黙を守っていた寅之助が、口を開いた。

「考えようとはどういうことですか」

藤沢は静かに、

「大塩天狗が参拝の警護を狙ってくるということ、まさしく迎え撃つ好機と申せるということです」

藤沢の言葉に一同勇み立った。

藤沢は寅之助に向かって、

「寺坂殿、緒川殿が亡くなったからには、寺坂殿が警護の責任者とならねばなりません。そのこと、ご承知おきくだされ」

静かに頭を下げた。

「承知致した」

寅之助が言うと、

「方々、我らの真価が問われております。それに、これは、緒川殿の敵討ちでもあります」

藤沢は厳かに告げた。

そこへ、

「先生」

門人の一人が藤沢に耳打ちをした。藤沢は威儀を正し、

「緒川殿のお父上が参られました」

たちまち、部屋の中には緊張が走った。寅之助の胸も張りつめた。息子の死を知り、駆けつけて来たのだろう。

やがて、正二郎の父緒川左兵衛亮が入って来た。羽織、袴、一糸乱れぬその様子は、書院番組頭という将軍の側近くに侍《はべ》る者の誇りを失っていない。息子の亡骸の横に座った。一同、目をそむけた。寅之助も正視することができなかった。

緒川は無惨な骸《むくろ》と化した正二郎を一瞥《いちべつ》し、

「馬鹿者が」

と、吐き捨てた。

息子の死を現実として受け入れてから、静かに藤沢を振り向き、

「藤沢殿、倅《せがれ》がお世話になりました」

と、頭を下げた。

「心より、お悔《く》やみを申し上げます」

藤沢も丁寧に返す。

それを緒川が受け入れてから、

「緒川殿の無念、我ら必ずや晴らしてみせます」

すると緒川の表情は硬くなり、

「無用にござる」

緒川の声は鞭《むち》のようにしなった。一同、思わず固唾《かたず》を呑んだ。しかし、藤沢は決して動ずることなく、

「我らを受け入れては、くださいませぬか」

「息子は、藤沢殿にたぶらかされた挙句に、こんな無惨な姿になってしまったのだと思う」

緒川は憎悪の眼差しで藤沢を見返す。警護組の者たちがいきり立った。藤沢はそれを宥め、

「お言葉ではございますが、わたくしは、正二郎殿をたぶらかした覚えがございません。正二郎殿はわたしの考えに賛同してくださったもの。そして、正二郎殿ばかりではございませんぞ。今では、幕閣のお歴々や、直参方も賛同してくれております。それは我らの考えに共鳴して頂ける点が多いことと、それからこう申しては失礼ながら、あなた方が頼りないからではございませぬか。特にこのところの大番の無様な様子といったら、情けなきことこの上ございませんぞ」

これには緒川も言葉に窮《きゅう》したようで、黙りこんだ。それでも、負けじと藤沢をにらみ返し、

「近々、予定されておる上さまの寛永寺参拝であるが、上さまは、参拝なさらぬことになった」

それは一同に衝撃を与えた。

「なんと」

藤沢までも口をあんぐりとさせている。

寅之助が、

「やはり、危険ということでござるか」

「このところ、お加減が悪くてのう」

緒川はしれっと答える。

「それは言い訳だ」

誰言うともなく、そんな声が上がった。緒川は一向に臆することなく、

「大江戸警護組に任せることは危険と、我ら、お諫《いさ》めした。そうは申しても、参拝そのものを中止はせぬ。御老中水野越前守さまが上さまの名代として参拝なさる」

緒川は言った。

不満そうな警護組の者たちを宥め、藤沢が、

「ならば、水野さまの参拝を成就いたし、合わせて大塩天狗を成敗する。さすれば、我らの真価、より一層明らかとなりましょう」

「我ら書院番、大番は無用の長物と申すのだな」

緒川は歯軋りをした。

「いかにも」

藤沢は最早、遠慮しなかった。緒川はすっくと立ち上がり、

「倅の亡骸は引取りに寄越す」

凄い形相で立ち去った。

さすがに寅之助は緒川の後を追いかけた。玄関で追いつき、

「緒川殿」

「ふん」

緒川は蔑《さげす》みの目を向けてくる。いかにも、裏切り者と呼びたげだ。

「正二郎殿のこと、心よりお悔やみ申し上げます」

「無用。藤沢監物にかぶれた者など、わしには関わりのないことじゃ。そなたも、大番であったのに、大番の誇りを失い、藤沢監物になびいてしまうとは情けないことよ」

緒川の無念がわかるだけに、寅之助は甘んじて蔑みを受け入れた。

「馬鹿な倅といえど、倅は倅、せめて、野辺の送りだけはしてやらぬとな」

緒川は言い残して立ち去った。

四

その晩、藤沢塾では藤沢と越前屋兵右衛門が向き合っていた。

「いやあ、緒川さま、さすがに怒っておられましたな。お陰で、上さまの参拝がなくなりました」

兵右衛門は盛んに残念だという言葉を連発した。

「なんの、計算通りです」

藤沢はいたって平静である。

「と、おっしゃいますと」

兵右衛門は言った。

「むしろ、上さまの参拝は取りやめになさった方がよろしかろうとは、わたくしの考えです」

「それはまたどうしてでございますか」

「万が一、上さまにお怪我などあってはならぬということ、それから、討ち取るべきは水野忠邦であるということです」

藤沢の目標はあくまでも水野であり、水野さえ討ち取れば、幕政を牛耳ることができると強調した。

「わたくしは、若年寄松根壱岐守さまに、進言したのです。松根さまから、上さまの参拝を取りやめるよう申し上げてくださいと。一方で、上さまは参拝に行かずとも、参拝そのものを中止したとあっては、大塩天狗に恐れをなしたと思われ、いかにも御公儀の威信にもかかわります、従って、名代を立てねばなりません」

上さまの名代は水野さまを置いて他にはないと、松根は言った。水野は満更でもなさそうに名代を引き受けたという。

「水野さまも、こんな企てがあるとは夢にも思われないことでございましょうな」

「あとは、参拝を待つだけ。これで、いよいよ、大願成就だ」

「わたしも、行列に加えていただくとは誉れでございます」

越前屋は寛永寺に米を奉納する名目で参列する。

そしてその一方、兵右衛門は自分は何処にあっても大塩天狗を恐れることなく、公の場や、店にも顔を出すと宣言していた。

民部と繁蔵は、熊次郎に狙いをつけ、その動きを見張っていた。

「やはり、熊次郎ですかね」

「おれは、そう、思う」

二人は新川の布袋屋近くで熊次郎を見張っている。しかし、らちが明かない。どうしようかと思っていると、読売を売っていた。繁蔵がそれを手に入れ、しげしげと見る。

「大塩天狗のことが載っているのか」

民部が聞くと、

「越前屋兵右衛門のことですよ」

繁蔵は読売を民部に見せた。そこには、兵右衛門が大塩天狗などは恐れぬ、自分を殺すならいつでも来い、と高らかに宣言していた。

「越前屋、町奉行所の警護も断ったな」

民部は言った。

「覚悟を決めたってことですかね」

「兵右衛門は中々、狡智《こうち》な商人であると評判だ。何かあるのかもしれんな」

民部は兵右衛門を訪ねてみることにした。

夕刻、日本橋にある越前屋にやって来た。繁蔵が奉公人に兵右衛門への取次ぎを頼んだ。少し待たされてから、店の中へと案内された。通り土間を進み店の裏手に出た。客用の座敷がしつらえてあった。

広々とした座敷は、畳が替えられたばかりとあって、藺草《いぐさ》の香りが匂い立っている。床の間を飾る調度品も素晴らしく、まさしく布袋屋の座敷とは対照的であった。

「お待たせしましたな」

兵右衛門は丁寧に挨拶をしてきたが、それはまさしく慇懃無礼を絵に描いたような態度であった。

「読売を読んだ。まさか、事実ではあるまいな」

民部が問いかけると、

「いいえ、事実でございます」

兵右衛門は胸を張った。

「ずいぶんと思い切ったことを宣言したものだな」

「いつまでも、恐れておっても仕方がございません。それに、武蔵屋さんまでが殺されたとあっては、このまま、息をつめておっては、かえって大塩天狗をのさばらせるだけです。それに、わたしは、自分の命など惜しくはございませんのでな」

あたかも、大塩天狗を捕らえることができない、奉行所を皮肉っているかのようだ。

「では、わたしが警護致そう」

「青山さま、お気持ちだけは受け取ります」

「そういうわけにはまいらぬ」

「町方の警護はお断り致しました」

兵右衛門はきっぱりと断った。

「いや、それは、いくらなんでも危険だ」

民部が言い立てても、

「大江戸警護組の方々がお守りくださいます」

「大江戸警護組ですか、そういえば、大塩天狗は大江戸警護組も狙っているじゃございませんか」

繁蔵が言った。

「緒川正二郎さま、まことにあっぱれなるお侍さまでございました。実を申しますと、わたしは、緒川さまが大塩天狗のために命を落とされたことにこのままでいいのかと己を奮い立たせたのでございます」

兵右衛門は緒川のためにも、大塩天狗をこのままにはできない、と思ったという。

「米問屋の仲間も犠牲になりました。仲間や緒川さまの死を他人事《ひとごと》にしないで、わたしは、この身に代えても大塩天狗をお縄にしたいのでございます」

兵右衛門は熱弁を振るった。

民部は気持ちを落ち着け、

「ところで、新川の米問屋布袋屋大五郎をいかに思う」

と、問いかけた。

兵右衛門の目が僅《わず》かに濁《にご》った。いかにも含むものがありそうだ。

「組合には入っておりませんな、ですから、あまりお付き合いはございませんが」

「大五郎が行っておる商いをいかに思う」

「さて、商いは身勝手に行うべきではないものかと。人気取りのために行うべきではないと存じますな」

兵右衛門は皮肉げに口を曲げた。

「それは、大五郎を揶揄しておるのか」

「商いは長い目でみなくてはなりません。米問屋は、目先の飢饉とか、米の高騰に右往左往してはならないのです。これは米問屋の組合として気をつけておることでございます」

「ならば、武蔵屋又三郎が布袋屋に賛同しておったことは、苦々しく思っておったであろうな」

「まあ、あまり、いい気はしませんでしたな。死んだお方を悪く申してはいけませんが」

兵右衛門は言った。いかにも、つかみ所のない男である。この男と、藤沢監物が昵懇《じっこん》なことは明らかで、大塩天狗と対立していることも間違いない。

「大塩天狗、恐れ多くも、将軍さまの寛永寺参拝を邪魔する企てをしておるのですぞ」

「ええ」

繁蔵が驚きの声を上げた。

「藤沢先生に挑戦状が送られたのですぞ」

兵右衛門はそんなことも知らないのかと言いたげだ。では、熊次郎ではないのか。熊次郎が次期将軍参拝を襲うなどとても考えられないことだ。

「大塩天狗が、どうして将軍さまの参拝を妨害するのだ」

「わたしに聞かれましても、わかりませんが、想像するに、大塩天狗の逆恨みでございましょう」

兵右衛門が言うには、大塩天狗は大塩平八郎の志《こころざし》を受け継いでいると称している。このため、暴利をむさぼる、米問屋に天罰を下してきたのだが、それが、世間の評判を呼び、英雄として祭り上げられた。そこで、そもそもの元凶である将軍に狙いを据えた。

「まことに邪《よこしま》なる考えにございます」

「それでついには将軍さまを」

繁蔵は半信半疑だ。

「まこと、こうなると、大塩天狗という者の邪悪さがよくわかります。かくなる上は、大江戸警護組の方々に退治していただかなくてはなりませんな」

兵右衛門は薄笑いを浮かべた。

「奉行所とて……」

民部は小声になってしまった。

「ともかく、今度の将軍さま参拝が一つの山場となりましょう」

兵右衛門は言った。

「ならば、われらは不要と、大江戸警護組に頼ればいいというのだな」

「違いますとは申せませんな」

民部はこの面の皮の厚い男に腹こそ立ったが、それでもこの男が町人であることに変わりはない。町人である限り、守らなければならないのだ。

「お引き取りくださいますか。手前ども、将軍さまのご参拝に奉納する米の準備がありますからな」

兵右衛門は一方的に話を打ち切り、腰を上げた。

「精々、用心しろ」

民部とてもむっとした。

「ありがとうございます」

どこまでも慇懃無礼を絵に描いたような男であった。

五

越前屋を出ると暮れなずんでいた。読売にあったように、兵右衛門はこのところ大っぴらに外出をしているそうだ。大江戸警護組が警護に当たっている。

「いい気なもんですね。今や、大番、徒組、町奉行所、火付盗賊改はからっきし評判を落とし、大江戸警護組、藤沢監物の名前が上がるばかりですぜ。それに加えて、大塩天狗、すっかり潮目が変わったといいますか、あんだけ、英雄みてえに、もてはやされていたってのに、今や、大江戸警護組の敵のようになっちまっていますぜ」

繁蔵の言う通りである。

すると、

「右の天水桶だ」

民部はそこに人影を見た。繁蔵も気づき、黙り込む。二人は素知らぬ顔で通り過ぎる。それから、やおら振り向き、天水桶に向かって駆け寄った。人影がばたばたと動いた。

逃げるように去って行く男の後ろ姿は熊次郎に相違ない。

「待つんだ、熊次郎」

民部が呼びかけると、熊次郎はびくんとなって立ち止まる。

「こんな所で、何してるんだい」

繁蔵が問いかける。

熊次郎はゆっくりと振り返って、

「通りすがっただけですよ」

引き攣った笑顔を見せた。

民部が、

「越前屋に何か用があるのではないか」

「別にありませんや」

「嘘つけ」

繁蔵が怒鳴ると、

「旦那方、何か勘違いなさっておられるかもしれませんが、あっしゃ、ただ通りすがっただけです」

熊次郎はお辞儀をして、ではこれで、と歩き去ろうとした。

「もう、やめろ」

民部が言った。

「何のことでしょう」

熊次郎は首を捻ると足早に立ち去った。熊次郎の背中を見ながら、

「いいんですかい。逃がして」

繁蔵は悔しげに唇を噛む。

「捕縛するに足る証がない」

民部も地団駄《じだんだ》を踏みたい。

「どうしますか」

「現場を押さえるしかないな」

「熊次郎が越前屋兵右衛門を狙う現場を押さえるってことってすね」

「それしかないな」

二人は越前屋を張り込むことにした。

一刻(二時間)後、店仕舞いを終えた越前屋から兵右衛門が現れた。一人、いそいそと歩いて行く。大江戸警護組もついていない。その大胆な行動は、大塩天

狗など恐れはしないという言葉を裏付けるものだ。民部と繁蔵は、間を取って後をつける。

兵右衛門は足取りも軽く、横丁へと入って行った。人影はなく、生暖かい夜風が吹き抜けるばかりだ。熊次郎の姿もない。道の両側に連なる、家々はみな雨戸が閉じられている。

と、頭上で物音がした。

屋根瓦を踏みしめる足音だ。民部と繁蔵が見上げると、屋根を一人の男が走っている。その手馴れた様子はまさしく鳶職である。現に右手に鳶口を持っている。

鳶職はふわりと道に降り立った。

案の定、熊次郎である。

兵右衛門がぎょっとして立ち止まる。

「天罰だ」

熊次郎は鳶口を振り上げた。

「止めろ！」

民部の怒鳴り声が夜風を切り裂いた。熊次郎の手が止まった。

と、突然、赤い玉が熊次郎目掛けて襲いかかった。

鈍い音が響く。

熊次郎の身体が弾かれたように後方に飛んだ。民部と繁蔵は慌てて駆け寄る。

ばたばたと足音がした。女が天水桶の陰から飛び出し、逃げ去った。追いかける暇はなかった。

熊次郎は既に息はない。額が陥没している。

「武蔵屋又三郎と同じだ」

民部は呟いた。

「びっくりしましたよ」

兵右衛門は言葉とは裏腹に、さほど驚く様子はない。

「大塩天狗だ」

民部は兵右衛門に言った。

「まさか」

何故か兵右衛門は一笑に付した。

「間違いない」

民部が鳶職熊次郎こそが大塩天狗だと説明しようとしたが、

「大塩天狗は、鳶職風情《ふぜい》じゃありません。もっと、大物ですよ」

兵右衛門は確信に満ちた様子で言い残し、さっさと立ち去った。

「なんでえ」

繁蔵は舌打ちをした。

「越前屋兵右衛門、何を考えておるのだ」

民部は兵右衛門の後ろ姿を目で追った。

「自分を狙う大塩天狗は、大物じゃねえと気がすまねえってこってすかね」

「さてな……。それにしても、熊次郎を殺した凶器、武蔵屋又三郎と同じだ」

「ってことは、武蔵屋又三郎殺しは越前屋兵右衛門の仕業、だってそうですよね。熊次郎は兵右衛門の用心棒にやられたんでしょう」

「十中八、九、間違いない。姿は見えなかったがな」

民部の瞼《まぶた》に現場から逃げた女の影が浮かぶ。繁蔵が熊次郎の懐を探った。

「書付、ありましたぜ」

繁蔵から書付を受け取る。

そこには、

——暴利をむさぼる米問屋の元締め越前屋兵右衛門に天罰を下す　天狗——

と、記されてあった。

「これで、大塩天狗は退治されたってことですか」

「そういうことだな」

民部が言ったが、兵右衛門の企みが気にかかった。

六

文月十五日、徳川家慶の名代水野忠邦が東叡山寛永寺に参拝をした。

空を分厚い雲が覆い、風が強い日だ。雨が降るのも必定、いや、野分《のわけ》の襲来が予想されたが、水野は日延べすることなく、江戸城を出発した。駕籠《かご》の前後、左右を大江戸警護組が守る。行列の先頭を行くのは寅之助である。

大江戸警護組の面々がゲベール銃を所持しているのに対し、寅之助のみは千鳥十文字鑓を手に大手を振っている。

駕籠の背後には顧問として藤沢監物の姿もあった。藤沢は裃姿、武器は携えていない。

更に行列の最後尾を米俵が積まれた大八車がついて来る。越前屋兵右衛門が寛永寺へ奉納する米だ。もちろん、大八車の横には兵右衛門がついていた。

水野一行は不忍池の畔に至った。

普段なら、水茶屋や出会い茶屋、床見世が大勢の客を呼んでいるが、今日は、水野参拝によって、営業を禁じられている。加えて、野分が迫っているとあって、人通りも絶えていた。

風は強さを増し、池の水面が波立っている。ついには雨も降り出した。すっかり荒れ模様となり、

「水野さま、急ぎましょう」

寅之助は駕籠に声をかけた。

すると、

「お待ちください」

藤沢が近づいて来た。

雨に濡れそぼるのもお構いなく藤沢は、

「大塩天狗が襲ってまいります。これからは、わたくしが警護の指揮を執《と》ります」

「馬鹿な、警護の指揮を執るのはそれがしだ」

寅之助が風雨にも負けない大音声を発した。

藤沢は冷ややかな調子で、

「それはなりません」

「何故だ」

「大塩天狗に、上さま名代たる水野さまの警護を任せるわけにはいかぬ」

藤沢の声は低く野太いものとなった。

この男、何を言っているのだ。疑念を抱きながら見返すと、藤沢の目が尖った。

「どこに大塩天狗がおるのだ」

「目の前におるではないか」

藤沢の顔に冷笑が浮かんだ。

「まさか……」

そうか、こいつはおれを大塩天狗に仕立てるつもりか。

「寺坂寅之助、おまえこそが大塩天狗」

藤沢は怒鳴りつけると、寅之助に反論の余地を与えず、大江戸警護組に討ち取れと命じた。

大江戸警護組の面々は、戸惑いながらも藤沢の命令とあって、ゲベール銃の銃口を寅之助に向けた。

「この銃はな、雨が降ろうが鑓が降ろうが役目を果たすのだ」

藤沢は得意げに言った。

寅之助はにやりとし、

「雨は降ってもかまわないだろうが、鑓はどうかな」

と、言うや、鑓を振り回す。ゲベール銃が放たれた。

しかし、雨粒を飛び散らせ猛然と鑓を振るう寅之助に恐れを成したのか、手元が狂い弾はそれた。

寅之助は鑓の柄で警護組を殴りつける。

「ひるむな！」

藤沢の叱咤も虚《むな》しく、警護組は逃げ散って行く。

「情けない奴らめ。ふん、かまわぬ。どうせ、あてになどしておらぬ」

藤沢は右手を上げた。

水茶屋の陰から、磐梯、玄栄、光が現れた。

「なんだ、西洋式の武器よりも、得体の知れぬ連中を頼るのか」

寅之助は嘲笑を放った。

藤沢は無視して、

「水野をやれ」

と、冷徹に命じた。

玄栄が青龍刀を担いで駕籠に走る。寅之助が追いかけようとすると光が手車の玉を放った。寅之助は身を屈め、玉を避ける。

その間にも玄栄は駕籠の横に仁王立ちとなり、青龍刀を大上段に振りかぶった。

雷鳴が轟く。雷光に照らされた玄栄の顔は遊びに興じる子供のように楽しげだ。

「死ぬね！」

嵐に負けない叫び声を上げた。

駕籠ごと水野を斬るつもりなのだろう。玄栄の剛刀をもってすれば、それも可能だ。

と、やおら引き戸が開いた。

同時に玄栄が青龍刀を振り下ろす。

「ああ」

断末魔の悲鳴が聞こえた。

「水野め、くたばりおったか」

藤沢が下卑《げび》た言葉を投げかけ、喜びを表した。

玄栄は動かない。仁王立ちしたまま立ち尽くしている。

「どうしたんだい」

光が心配げに呼びかけた。玄栄は振り返った。

「げ、玄栄」

光がごくりと生唾を飲み込んだ。

玄栄の腹には深々と大刀が突き刺さっていた。

駕籠から龍太郎が出て来た。水野の身代わりとなっていたのだ。

龍太郎は玄栄に突き刺さった刀を引き抜いた。血振りをして正眼に構える。玄栄の身体が水溜りの中に倒れた。

「おのれ」

藤沢は憤怒《ふんぬ》の形相となった。

磐梯が薙刀で寅之助に斬りかかって来た。寅之助は鐺の柄で受け止める。水飛沫を上げながら、二人はぶつかり合った。

鐺と薙刀の柄が交錯し、押し合う。

寅之助が渾身の力で押すと、磐梯は寅之助をいなすように後方に跳ぶ。寅之助は勢い余って前のめりになった。そこへ、薙刀が襲い掛かった。

「てえい！」

間一髪、寅之助は水溜りを横転し、薙刀を避ける。

磐梯の攻撃は執拗《しつよう》だ。疲れを知らないかのように、一瞬の休む間もなく、薙刀を振り下ろし続ける。寅之助は右へ左へとぬかるみの中を転がるだけだ。泥にまみれ水飛沫を上げながら横転を続ける寅之助に薙刀が襲いかかる。

寅之助は動きを止め、仰向けになった。

磐梯の目が煌きを放った。

咄嗟に手で泥水を跳ね上げた。

磐梯がのけ反る。それでも、

「食らえ！」

必殺の一撃を加えんと薙刀を構え直した。

そこに僅かな隙《すき》が生じた。

寅之助は右手で鑓を突き上げる。薙刀の穂先が寅之助の顔面をかすめた。

鑓は磐梯を串刺しにした。

龍太郎は光と対峙《たいじ》している。

「玄栄の仇だ」

光は手車の玉を放った。

龍太郎の刀が横に一閃するや玉が真っ二つに切り裂かれた。

光の顔が驚愕《きょうがく》に彩られる。

それも、一瞬のことで、間髪《かんはつ》容《い》れず、龍太郎の刃は光の胴を切り裂いた。

「藤沢監物、観念しろ」

寅之助は鑓を手に藤沢に迫る。藤沢は腰を落とし、鋭い眼光を向けてきた。その落ち着いた物腰は、虚勢ではなく自信に溢れている。

鑓を繰り出そうと身構えた。

「とお！」

藤沢は声を放つや右手を差し出した。

触れてもいないのに、強く押されたような気がしたと思ったら後方に吹き飛ばされた。

続いて龍太郎が斬りかかると、藤沢は右手を一閃させた。龍太郎の身体も宙を舞い、池へと落ちた。

風雨は激しさを増し、水面は無数の矢が降り注いでいるようだ。

寅之助は立ち上がり、藤沢との間合いを詰める。

藤沢の顔には余裕の笑みすら浮かんでいる。気の力に絶対の自信を持っているようだ。確かに恐るべき技だ。あの三人を従えたのも気の力によってではないか。西洋の最新式銃にも勝る技だ。しかし、藤沢とて人だ。物の怪などではない。人が操る以上、破れぬ技などない。己が腕、神君家康公下賜の千鳥十文字鑓を信じるのだ。

藤沢の右手が上がった。

身体が宙を舞い、今度は出会い茶屋の板壁に激突した。

背中に激痛を感じながらもひるむことなく、藤沢に立ち向かう。

藤沢は右手を上げる。

力士に押し出されたように弾け飛び、またしても板壁にぶち当たった。

それでも藤沢に鐺の穂先を向け、よろめきながらも近づく。

「往生際が悪いぞ」

藤沢は、止《とど》めだ、とばかりに両手を突き出し、掌を広げた。

ひときわ強烈な力が寅之助を襲う。

板壁目掛けてまっしぐらに飛んだ。

「おお！」

寅之助は、戦場を疾駆《しっく》する武者のような雄叫《おたけ》びを上げると鐺の石突で板壁を突いた。

反動で身体が宙を舞う。

弧を描きながら、藤沢の頭上に達する。藤沢は見上げた。雨に打たれた顔が引き攣った。

寅之助は空から鐺を突き下ろした。

肉を貫く感触を感じ地上を転がる。

神君家康公下賜の鐺は、藤沢の口から肛門を貫き地面にまで達した。

暴風雨にさらされながらも藤沢の身体は微動だにしない。さながら、木像のようだった。

七

大塩天狗騒動が落着し、ようやく秋めいてきた。爽やかな朝を迎え、気持ちよく奉行所へ出仕することができる。

その上、民部は大塩天狗が熊次郎であることを突き止めた功を賞賛され、町奉行から感状と褒美金十両を下賜された。十両のうち、半分の五両を繁蔵に分け与えたのはいかにも民部らしい。

それだけに、やる気満々に屋敷を出ると志乃が待っていた。挨拶を交わしてから、

「青山さま、お見事でございました」

感状よりも褒美金よりもうれしい。

「本来は捕らえるべきだったのですが、目の前で殺されてしまったことが悔やまれます」

熊次郎が大塩天狗であったことは、布袋屋大五郎に衝撃を与えた。さすがに、商売が手につかなかったようだが、商いに精を出し、庶民にも安価に米を提供す

ることがせめてもの熊次郎への慰《なぐさ》めになると、奮起しているとのことだ。

熊次郎への世の中の声は、暴利をむさぼった米問屋によくぞ鉄槌《てっつい》を下したと賞賛するものと、どんな事情があろうと殺しは罪悪だと批難するものに分かれている。


しかし、遠からず、忘れられるだろうことは世の常だ。

越前屋兵右衛門は、武蔵屋又三郎殺害を藤沢に依頼した罪により打ち首となった。兵右衛門は、米の高騰につけこんで暴利をむさぼった恨みから、江戸市中を引き回された際、あちらこちらで罵声と嘲笑を浴びせかけられた。

小塚原《こづかっぱら》の刑場には大勢の野次馬が押しかけ、打ち首にされる兵右衛門に快哉を叫んだそうだ。

「青山さま、知行合一を果たされましたね。青山さまに比べ、わたくしはなっておりません。藤沢監物などという奸物に惑わされるとは……」

志乃の顔が翳《かげ》ってゆく。

「悪いのは藤沢です。志乃殿の向学心につけこみ、志乃殿ばかりか、部屋住みにある旗本の子《こ》弟方の向上心を煽《あお》り、いたずらに、西洋諸国の脅威を騒ぎ立てて、私腹を肥やさんとしたのです」

民部は力を込めた。

「学問は大切ですが、人を見る目も養わなくては……。今回のことで身に沁《し》みました」

志乃は深々とお辞儀をし、去って行った。凜《りん》と伸びた背筋が、志乃の立ち直りを示していた。


寅之助は飯塚宗十郎の訪問を受けていた。

居間の縁側に並んで腰を下ろし、手入れ不足の庭を眺めやる。

草むらの中に、赤と白の花が微風に揺れている。芙蓉《ふよう》だ。武骨な寅之助にも秋の訪れが感じられた。

「藤沢監物の成敗、ようやったな。水野さまも大そう喜んでおられる」

「龍太郎もよう働きました」

「うむ。大番ここにありじゃ。それでのう、いよいよ、お主、大番へと復帰が叶うぞ」

また、飯塚の先走りではないかという気がする。それに、復帰が実現したとしても、千代には悪いがさしてうれしくはない。

「大番は変わるのですか」

「変わる。松根さまは、藤沢監物との関係を咎《とが》められ、若年寄を罷免《ひめん》された。これからは、いよいよ、水野さまが政を主導される。水野さまは、わしの提言を受け容れてくださったのだからな」

飯塚は自信満々に言った。

成行きに任せよう。

ふと、

「百合殿、いかがされておられますか」

「縁談は懲《こ》り懲《ご》りと思っておったのだがな、それが案外と、そうでもないらしい。昨晩に、どのような男なら夫婦となってもよいか尋ねてみたのじゃ」

飯塚は晩酌をしながら、座興だと断ってから百合に問うたそうだ。

「して、百合殿はどんな男がよいと申されたのですか」

「それがのう……」

飯塚は肩を揺すって笑った。

「いかがされた」

怪訝な顔をする寅之助に向かって、

う。

「義兄上のようなお方がいい、などと申しおってな」

飯塚は冗談だろうと聞き返した。百合は返事をせず、部屋から出て行ったとい

寅之助の胸がざわめいた。

「どうした、ぽかんとして」

「いえ、何でもありませぬ」

「百合には、折を見て縁談を勧めるつもりじゃ。しかし、お主のような男となると、滅多にはおらん」

飯塚は腕組みをし、しばし唸っていたが、

「どうじゃ。いっそのこと、お主、貰ってくれぬか」

「いや、それはいけませぬ」

慌てて拒絶した。秋風を感じていたというのに、全身がじわっと汗ばんだ。飯塚は顔をしかめ、

「冗談じゃよ。百合もきっと、縁談を持ち込まれるのが嫌で、義兄上のようなお方がいい、などと申したのであろうて。女心とはそういうものじゃ」

飯塚は合点がいったように何度もうなずいた。

「リーン、リーン、リーン、チリリン、チリリン、スイッチョ、スイッチョ」

虫売りの売り声が聞こえた。

世の中がどう変わろうと、時節は必ず移ろう。

寅之助は色なき風を胸一杯に吸い込んだ。

大塩平八郎の亡霊

一〇〇字書評

切・り・取・り・線

購買動機（新聞、雑誌名を記入するか、あるいは○をつけてください）

□（　　　　　　　　　　　　）の広告を見て	
□（　　　　　　　　　　　　）の書評を見て	
□ 知人のすすめで	□ タイトルに惹かれて
□ カバーが良かったから	□ 内容が面白そうだから
□ 好きな作家だから	□ 好きな分野の本だから

・最近、最も感銘を受けた作品名をお書き下さい

・あなたのお好きな作家名をお書き下さい

・その他、ご要望がありましたらお書き下さい

住所	〒				
氏名		職業		年齢	
Eメール	※携帯には配信できません	新刊情報等のメール配信を 希望する・しない			

この本の感想を、編集部までお寄せいただけたらありがたく存じます。今後の企画の参考にさせていただきます。Eメールでも結構です。

いただいた「一〇〇字書評」は、新聞・雑誌等に紹介させていただくことがあります。その場合はお礼として特製図書カードを差し上げます。

前ページの原稿用紙に書評をお書きの上、切り取り、左記までお送り下さい。宛先の住所は不要です。

なお、ご記入いただいたお名前、ご住所等は、書評紹介の事前了解、謝礼のお届けのためだけに利用し、そのほかの目的のために利用することはありません。

〒一〇一－八七〇一
祥伝社文庫編集長　坂口芳和
電話　〇三（三二六五）二〇八〇

祥伝社ホームページの「ブックレビュー」からも、書き込めます。

http://www.shodensha.co.jp/bookreview/

祥伝社文庫

大塩平八郎《おおしおへいはちろう》の亡霊《ぼうれい》　一本鑓悪人《いっぽんやりあくにん》狩《が》り

平成27年7月30日　初版第1刷発行

著　者　早見《はやみ》 俊《しゅん》
発行者　竹内和芳
発行所　祥伝社《しょうでんしゃ》
東京都千代田区神田神保町3-3
〒101-8701
電話　03（3265）2081（販売部）
電話　03（3265）2080（編集部）
電話　03（3265）3622（業務部）
http://www.shodensha.co.jp/

印刷所　堀内印刷
製本所　ナショナル製本
カバーフォーマットデザイン　中原達治

Printed in Japan ©2015, Shun Hayami ISBN978-4-396-34139-8 C0193

祥伝社文庫の好評既刊

早見 俊

賄賂千両《まいない》

借り受けた千両は、なんと賄賂金。善次郎は、町奉行、札差、さらに依頼主の旗本にまで追われることに！

早見 俊

三日月検校《みかづきけんぎょう》 蔵宿師善次郎

大の人情家の蔵宿師、紅月《あかつき》善次郎が札差《ふださし》十文字屋に乗り込む！ そこで女主《あるじ》に担保として要求されたものは⁉

早見 俊

一本鑓《やり》悪人狩り

徳川家康から下賜《かし》された鑓を操る熱血漢、寺坂寅之助《てらさかとらのすけ》。その愚直さゆえ、幕閣の陰謀に巻き込まれ……。

早見 俊

横道《よこみち》芝居 一本鑓悪人狩り②

ある男を守りきれなかった寅之助。卑劣な目的に気付いた寅之助の正義の鑓が冴《さ》え渡る！ 燃える痛快時代小説。

佐々木裕一

龍眼 隠れ御庭番・老骨伝兵衛

九代将軍家重《いえしげ》のため、老忍者が秘薬を求めて旅に出る。数多の妨害を潜り抜け、薬を無事に届けられるのか⁉

佐々木裕一

龍眼 流浪 隠れ御庭番

秘宝を求め江戸城に忍び込んだ里見伝兵衛。だが、罠にかかり、逃亡中に記憶喪失に。追手を避け、各地を旅するが……。

祥伝社文庫の好評既刊

野口 卓　**水を出る**　軍鶏侍④

強くなれ――弟子、息子、苦悩するものに寄り添う、軍鶏侍・源太夫。源太夫の導く道は、剣のみにあらず。

野口 卓　**ふたたびの園瀬**　軍鶏侍⑤

軍鶏侍の一番弟子が、江戸の娘に恋をした。美しい風景のふるさとに一緒に帰ることを夢見るふたりの運命は――。

野口 卓　**猫の椀**

縄田一男氏賞賛。「短編作家・野口卓の腕前もまた、嬉しくなるほど極上なのだ」江戸に生きる人々を温かく描く短編集。

喜安幸夫　**隠密家族**

薄幸の若君を守れ！　紀州徳川家の御《ご》落胤《らくいん》をめぐり、陰陽師の刺客と紀州藩薬込役《やくごめ》の家族との熾烈《しれつ》な闘い！

喜安幸夫　**隠密家族　逆襲**

若君の謀殺を阻止せよ！　紀州徳川家の隠密一家が命を賭けて、陰陽師が放つ刺客を闇に葬る！

喜安幸夫　**隠密家族　攪乱《かくらん》**

頼方《よりかた》を守るため、表向き鍼灸《しんきゅう》院を営む霧生院一林斎《きりゅういんいちりんさい》たち親子。鉄壁を誇った隠密の防御に、思わぬ「穴」が……。

祥伝社文庫の好評既刊

佐伯泰英

秘剣雪割り 悪松《わるまつ》・棄郷編

親を殺され江戸を追われた中間《ちゅうげん》の倅《せがれ》が、薩摩示現《じげん》流を会得して江戸に舞い戻った。巨軀・剛腕、荒ぶる魂！

佐伯泰英

秘剣瀑流返し 悪松・対決「鎌鼬《かまいたち》」

一松に次々襲いかかる薩摩藩の刺客。ついに現われた薩摩示現流最強の敵に、一松の秘剣瀑流返しが挑む！

佐伯泰英

秘剣乱舞 悪松・百人斬り

屈強な薩摩藩士百名。対するは大安寺《だいあんじ》一松ひとり。愛する者を救うため、愛甲派示現流の剣が吼える！

佐伯泰英

秘剣孤座

水戸光圀より影警護を依頼され同道する大安寺一松。船中にて一松が編み出した「秘剣孤座」とは？

佐伯泰英

秘剣流亡《りゅうぼう》

悪松、再び放浪の旅へ！　秀吉に滅ぼされた北条家の「隠れ里」で遭遇した謎の女の正体とは……。

西條奈加

御師《おんし》　弥五郎 お伊勢参り道中記

無頼の御師が誘う旅は、笑いあり涙あり、謎もあり――騒動ばかりの東海道をゆく、痛快時代ロードノベル誕生。